PAREJAS

ExLibric

MARTA GONZÁLEZ RAVINA

PAREJAS

EXLIBRIC
ANTEQUERA 2025

PAREJAS
© Marta González Ravina
© de la imagen de cubiertas: Bárbara Bulnes Sánchez
Diseño de portada: Dpto. de Diseño Gráfico Exlibric

Iª edición

© ExLibric, 2025.

Editado por: ExLibric
c/ Cueva de Viera, 2, Local 3
Centro Negocios CADI
29200 Antequera (Málaga)
Teléfono: 952 70 60 04
Fax: 952 84 55 03
Correo electrónico: exlibric@exlibric.com
Internet: www.exlibric.com

ISBN: 979-13-87528-89-8
Depósito Legal: MA 141-2025

Impresión: PODiPrint
Impreso en Andalucía – España

Nota de la editorial: ExLibric pertenece a Innovación y Cualificación S. L.

MARTA GONZÁLEZ RAVINA

PAREJAS

A mis padres,
a Ana, que me enseñó a querer bonito y de verdad,
y a todos los que me habéis inspirado
con vuestras historias de vida.

Prólogo

Dicen que el amor es un camino de rosas, pero las rosas tienen espinas y, a veces, sin quererlo, nos pinchamos con ellas. A veces sangran, mucho o poco, pero tarde o temprano acaban por cicatrizar.

A menudo, quienes no tienen pareja, e incluso quienes la tienen, observan a las demás como si todo fuera perfecto y nunca hubiera problemas. Seguramente sea porque nos lo venden todo el rato en las redes sociales y nos lo hemos creído. Pero lo cierto es que detrás de cada pareja hay, ha habido o habrá algún escollo, alguna espina, algún problema que solucionar.

Algunas espinas serán visibles; otras, en cambio, serán dolorosas y deberán cicatrizarse por dentro o por fuera. Unas se cortarán, permitiendo avanzar; otras, sin embargo, quedarán ancladas al tallo y, punzantes, acabarán corrompiendo y pudriendo el amor hasta que este muera.

LAS DUDAS Y EL DESEO

Soy el comandante de tus pasos elegantes,
el general de tus destinos, y de tu boca el capitán.
Y lo que más me asombra es que no sé
de ti más que apareces y te conviertes en ley,
pero tu nombre lo olvidé y es lo que hay.
Yo no me atrevo a preguntarte otra vez.
Camino de rosas para quien lo sabe.
Camino de espinas pa' el que llega tarde.
Camino despacio, que todo me asombre.
Después de esta cita me aprendo tu nombre.

Camino de rosas, ALEJANDRO SANZ

Deseo

Nuria se disponía a calzarse sus botas recién compradas para ir a su primer día de senderismo, cuando recibió un wasap: *«Abajo en cinco minutos»*. Se calzó las botas, se miró al espejo y revisó su cola y su aspecto: camiseta deportiva sin mangas, sudadera rosa y *leggings* negros ajustados. Debajo, un bikini, por si acaso. Se ajustó la gorra, cogió las llaves y la mochila y salió de casa.

En el ascensor ya lo iba barruntando. Se sentía incómoda. Se preguntaba si había sido una buena idea contactar con Isa para hacer senderismo. Había miles de páginas en Facebook donde conocer a gente para hacerlo, pero había optado por empezar con Isa, que tenía bastante experiencia desde hacía algunos años y siempre la había animado a apuntarse con ella.

Isa. La conoció unos años atrás en una aplicación de contactos y habían congeniado al momento, quedando poco después para una cerveza. La primera impresión no había sido buena ni mala: Isa le dijo que no quería nada, y ella lo había aceptado sin más, aunque Isa le había parecido atractiva en un primer momento. Lo dejó pasar. Se habían vuelto a ver dos años atrás, para dar un paseo. Por entonces, Isa tenía novia y estaba muy bien, y Nuria estaba empezando a conocer a una persona, por lo que definitivamente no iba a pasar nada entre ellas. Sin embargo, había algo en el aura de Isa, o en su manera de pensar o de actuar, que le resultaba irresistible, pero no sabría decir el qué.

Intentó apartar este pensamiento de su cabeza mientras salía del ascensor. Isa era solo una amiga, y era todo lo que podía llegar a ser. Nuria llevaba ya dos años con su pareja, e Isa cinco, así que nada podía pasar. No había peligro. Pero Nuria sentía unos nervios extraños crecer en su interior, como un mal presentimiento que intentó apartar de su mente y de su estómago.

Salió del portal y, antes de que pudiera decidir si ir o no era buena idea, apareció Isa con el coche.

—Hola, guapa. ¿Qué pasa? ¿Cómo estás? —preguntó Isa al verla.

—Muy bien, ¿y tú? —respondió educadamente, intentando ocultar su nerviosismo.

—Bien, bien. Perdona el retraso. Había mucho tráfico. Sube. Mis amigos nos esperan ya allí.

—Perfecto.

—¿Estás lista para el trayecto? —dijo Isa, socarrona, riendo.

—Sí, ¡claro! —rio Nuria también, intentando calmarse. Isa le seguía provocando un cierto magnetismo, algo imposible de explicar.

El trayecto fue bien, pese a todo. El nerviosismo de Nuria se fue calmando a medida que se ponían al día de todo. Sin embargo, el corazón le dio un vuelco cuando Isa le confesó que su novia la había dejado hacía cinco meses.

—Sí, tía, me dejó. La muy cabrona lo hizo cuando acababa de comprarme el piso y me dejó tirada. Pero bueno, prefiero no recordarlo. ¿Tú qué tal? ¿Sigues con…?

—… Miranda. Sí, sigo con ella. Estoy muy bien con ella. Es muy buena y nos entendemos bastante bien. Me da mucha paz. —Omitió decir que ya casi no lo hacían porque apenas se veían y empezaba a tener dudas de si Miranda le ponía.

—Me alegro. Oye, te lo merecías. Ya era hora —le dijo Isa de corazón.

—Gracias. —Nuria se revolvió en su asiento. Intentó cambiar de tema, pasar la pelota al otro tejado—. ¿Y cómo estás tú?

—Bueno, ya me conoces. Intento ser positiva. Estoy conociendo a gente, tirando de amigos y de actividades, lo típico. Pero cuando llego a casa, no paro de pensar en ella y en lo que hubiera podido ser y me hundo un poco.

—Vaya, lo siento mucho. Supongo que es normal, se pasará poco a poco.

—Ya, sí, supongo que con el tiempo se me pasará. Ahora mismo siento mucha rabia por dentro. Pero bueno, no es culpa tuya. No pasa nada. No te quiero aburrir. ¿Ponemos música?

—Sí, vale. —«Así me relajo», pensó.

Pasaron el resto del trayecto calladas, con la música de fondo, pero no fue del todo incómodo. Nuria se moría de ganas de decirle que su ex era una imbécil por haberla dejado tirada, que no sabía lo que se perdía, que ella podría darle todo lo que necesitaba y quería, una pareja de verdad, pero se contuvo. Sabía que no podía hacer eso. Tenía pareja, aunque Miranda viviera en otra ciudad y no pudieran volver a verse hasta dentro de un mes. Tenía que contenerse. No podía echar a perder algo tan bonito. Isa, mientras tanto, trataba de contener los pensamientos hacia su ex.

Lograron permanecer calladas, sin expresar sus pensamientos y sentimientos, hasta llegar al pueblo. Allí, se reunieron con los amigos de Isa y, hablando con unos y otros, a Nuria se le olvidó lo que quería decirle.

El día transcurrió con normalidad. Nuria aguantó bastante bien la caminata. Como hacía calor, se refrescaron en el río. Los chicos se tiraron al agua primero, pero a Nuria le daba miedo lanzarse con las rocas al agua helada. Prefería ir poco a poco. Isa se rio al principio de ella, pero luego le dio la mano y la ayudó. Nuria salió del agua al poco rato, mientras los chicos se pusieron a gastarse bromas entre ellos y las otras chicas se quedaron un rato más en el agua charlando y nadando. Se sentó en una roca y los observó de lejos, intentando ordenar sus pensamientos a solas. Sin embargo, Isa se percató y salió del agua para acompañarla.

—¿Estás bien? Pareces preocupada —comentó, sentándose a su lado.

—¿Eh? Sí, sí, bien, solo estoy en mi mundo, perdona. —Otra vez el nudo en el estómago.

—No pasa nada. ¿Te caen bien mis amigos?

—Sí, son muy majos. —En realidad, sus pensamientos iban por ahí, pensando en lo bien que había encajado sin conocerlos. La habían acogido como a una más. Podría verse haciendo esto más veces… ¿como pareja? Su cerebro iba a diez mil por hora.

—Me alegro. A veces son unos cafres, pero son buenos niños.

—Se les ve.

—¿Habías estado aquí antes? —le preguntó Isa.

—Qué va… Es la primera vez.

—¿Y qué tal? ¿Te gusta?

—Sí, es muy bonito. Gracias.

Nuria se sentía cada vez más incómoda. Isa estaba a unos centímetros de ella, con el pelo chorreando, el bikini, el cuerpo, y esa mirada tan intensa que parecía estudiarla en todos sus movimientos. Evitó mirarla directamente a los ojos, nerviosa. Sentía que Isa le gustaba muchísimo, pero ¿qué estaba haciendo? Ella estaba felizmente enamorada de Miranda, ¿no? E Isa estaba superando una ruptura. Esto estaba solo en su cabeza, y tenía que evitarlo a toda costa.

—Oye, Nuria, estás muy guapa con ese bikini. ¿Es nuevo? —lo dijo sin intención, pero Nuria se sonrojó.

—Eh… No, es de segunda mano. Lo compré en Vinted hace poco.

—Pues te queda como un guante.

—Gracias.

Estaba roja como un tomate. No sabía qué decir ni qué hacer. Dios, esto no podía estar pasando… No ahora. ¿Por qué no le había hecho caso a su instinto? ¿Por qué no se había quedado en casa? Ahora tenía que elegir qué hacer. Bueno, en realidad, no. No había pasado nada… aún.

Mientras su cerebro trataba de procesar todo esto a mil por hora, Isa le quitó una rama del hombro y, sin querer, acercó su boca al hombro de Nuria. Esta sentía que le iba a dar un infarto. «¡Por Dios, que me bese ya! Pero ¿qué estoy diciendo? ¡No!». Pero entonces Isa volvió a mirar al frente. «No, no, no puedes dejar que se vaya así, sin más, dejándote en ascuas». La llamó.

—Isa…

—¿Sí?

—Esto… ¿vienes mucho por aquí?

—Bueno, he venido un par de veces, casi siempre con ellos. Una vez vine con mi ex, ya sabes, cuando estábamos juntas…

—La tristeza apareció en su rostro y Nuria lo percibió y vio su oportunidad.

—Oye, esa tía no te merecía, en serio. Era una imbécil, si te ha dejado marchar así como así. No sabe lo que se pierde. Tú vales mucho.

—Gracias. —A Isa se le iluminó la cara de la sonrisa—. Eres un amor.

Ahora fue Nuria la que se sonrojó.

—De nada. En serio, si fuera yo quien estuviera contigo… —Se paró, consciente de que no sería capaz de terminar la frase sin liarla.

Isa la miró sin entender. Nunca se lo había planteado. Para ella, Nuria había sido siempre solo una amiga. Entonces, de repente, empezó a comprender muchas cosas de la actitud de Nuria ese día y los anteriores. El gesto se le cambió mientras procesaba esta nueva información. Nuria se dio cuenta, pero no supo qué decir. Esperó su reacción.

—Ya, claro, bueno, pero estás con Miranda y se os ve muy bien. Parece buena para ti.

—Sí… —Seguía hecha un mar de dudas, deseando besar a Isa. Su cabeza estaba hecha un lío y su corazón iba a mil por hora.

—Pues ya está. Me alegro por ti. No te preocupes por mí. Yo estaré bien. —Pero sus ojos estaban llenos de tristeza y Nuria se sentía mal. Su empatía la llevó a pasarle el brazo por detrás en actitud amiga.

—Oye, todo va a estar bien, en serio. Ya lo verás.

Isa giró la cara y la miró. Sus caras estaban a menos de diez centímetros. Nuria quiso también girar la cara y alejarse, pero antes de que pudiera hacerlo, sus miradas se cruzaron y, al momento siguiente, se estaban besando. Fue un beso largo y bonito, pero Nuria lo cortó.

—Esto no está bien. Tengo pareja, lo siento.

—Lo siento. Ha sido culpa mía. No debería haberte besado, pero creía que querías.

—Y quería… Lo siento, soy un mar de dudas, no quiero hacerte daño. Lo siento. En este momento, soy lo último que necesitas.

—Pero creía que yo te gustaba. Perdóname, lo he interpretado mal.

—No, Isa. Lo peor es que lo has interpretado bien, pero no es el momento. Y esto que hemos hecho no está bien. No sé cómo se lo voy a explicar a Miranda ni qué voy a hacer.

—Si es por mi parte, no te preocupes, que no voy a decir nada.

—No, Isa, es por mí. Necesito aclarar mis sentimientos. Por el momento, es mejor que finjamos que no ha pasado nada.

—De acuerdo.

Mientras ellas conversaban, los demás habían salido del agua y las observaban de reojo mientras se secaban. Al ver el momento de tensión, se acercaron bromeando, tratando de echar un cable a su amiga.

—¡Qué caras tenéis! ¡Ni que hubierais visto un fantasma!

—Venga, chicas, que aún nos queda camino, ¿o es que ya estáis cansadas para seguir?

★★★★★

Isa y Nuria no volvieron a hablar más del tema el resto del camino, ni en el viaje de vuelta ni cuando se despidieron. Una semana después, Nuria le escribió por WhatsApp.

Hola, Isa.

Hola, Nuria.

Siento mucho lo que pasó.
No quería darte lugar a equívoco.

No pasa nada. Ya está. Podemos ser amigas
y hacer como que no ha pasado nada.

No, Isa. Yo no puedo.
Tú me gustas, me gustaste desde el primer día
que te conocí, pero pensé que entre tú y yo
no habría nada, porque desde el principio
tú me dijiste que yo no te gustaba, ¿recuerdas?

Ha pasado mucho tiempo de eso.

Sí, pero a mí se me clavó y no lo intenté.
Ojalá lo hubiera intentado entonces,
pero temí que no quisieras.
Debí haber sido más valiente.

No te rayes, Nuria.
Todo pasa cuando tiene que pasar.

*En ese momento no te deseaba como te deseo ahora,
pero yo también estoy hecha un lío y lo último que
querría es meterme en medio de una relación.
Así que no te preocupes, que podemos seguir siendo
amigas. Por mi parte no hay problema.*

*Uf... es mejor que lo dejemos, Isa.
En serio, ojalá esto hubiera surgido antes.
Ahora tengo una pareja que me quiere
y no quiero echarlo a perder.*

Lo comprendo. Y lo siento, de verdad.

*Por eso. Lo siento, Isa, pero creo
que es mejor que no volvamos
a hablar en un tiempo.*

Al día siguiente, Nuria vendió las botas de senderismo.

Terapia

Pablo y Carmen esperaban en la sala de estar de la consulta. La chica que les atendió les pidió que esperaran allí y se metió en una habitación, prometiéndoles que en un rato se abriría otra puerta y aparecería su terapeuta.

—¿Estás seguro de que esto es lo que queremos hacer? — Carmen estaba inquieta.

—Claro, amor. A Pepe y Luisa les ha ido muy bien la terapia. Por probar, no perdemos nada.

—Ya.

Permanecieron callados los siguientes diez minutos, hasta que se abrió la puerta de la consulta y salió un hombre pensativo que ni siquiera respondió a su saludo.

Carmen miró a Pablo con cara de miedo, pero Pablo le sonrió, intentando infundirle ánimos. En ese momento se asomó a la puerta una mujer de unos cuarenta años, muy guapa y sonriente.

—Buenos días. Pablo y Carmen, ¿no?

—Así es. Venimos recomendados por Pepe.

—Muy bien. Enseguida les atiendo. Denme cinco minutos para ordenar esto un poco y ahora salgo por ustedes.

—De acuerdo.

—Muchas gracias.

Diez minutos después, se encontraban sentados en una sala pintada de blanco sin ningún motivo de decoración y con una única ventana al fondo. La psicóloga se sentó en una silla y les invitó a que hicieran lo propio en el otro extremo, en un diván.

—Muy bien, ¿qué les trae por aquí?

Pablo miró a Carmen, dubitativo. Esta parecía querer que la tragara la tierra y esquivó la mirada. Era como si estuviera observando el infinito, así que Pablo se aclaró la garganta y empezó.

—Bueno, verá, estamos aquí porque hace algún tiempo que… no lo hacemos.

—Comprendo. No se preocupen, es más habitual de lo que puedan creer. ¿De cuánto tiempo estamos hablando más o menos?

—Cerca de año y medio.

—¿Tienen hijos?

—No. Mi mujer y yo decidimos no tenerlos.

—De acuerdo —dijo la psicóloga, observando detenidamente a Carmen, que seguía mirando a algún punto infinito de la habitación, como si fingiera ser ajena a la situación—. ¿Coincide usted con esa afirmación?

Carmen suspiró.

—Bueno, sí y no. Durante un tiempo, yo quería tener hijos, pero no disponía de tiempo para nada. Trabajo todo el día, ¿sabe? Por eso no me apetece hacerlo cuando llego, estoy cansada. —Enrojeció por la mentira que era consciente de estar diciendo. La psicóloga se percató.

—Entiendo. ¿Y usted a qué se dedica? —preguntó esto dirigiéndose a Pablo.

—Bueno, yo soy delineante, pero hace años que no ejerzo. Me ocupo de la casa, ya sabe, como amo de casa. También saco al perro y, de vez en cuando, doy clases de natación como monitor en los meses de verano.

—Entiendo. —La psicóloga tomó unas notas y prosiguió—. Entonces, dice usted que llega muy cansada del trabajo. ¿Qué hace usted cuando pasa eso? —dijo esto último mirando a Pablo.

—Pues nada. Intento darle masajes y mimarla, pero últimamente no me deja. Se aparta. Está un poco rara.

—¿En qué sentido?

—Como si no quisiera que la tocara. —Por primera vez, Pablo enrojeció de la vergüenza. Carmen miraba al suelo. Sabía que debía hablar, pero no quería hacerlo. La psicóloga los miró, expectante.

—Está bien. —Carmen volvió a suspirar—. Pablo, hay algo que no te he contado. Te quiero mucho, pero hace tiempo que no siento lo que sentía por ti. Ya no me gustas. Lo siento. Últimamente pienso mucho en Alberto, mi compañero de trabajo, y lo siento. Eres el mejor, y te quiero, pero es que tengo la sensación de que ya no me siento atraída por ti.

Pablo sentía que le faltaba el aire. ¿Alberto? ¿Quién diablos era Alberto? ¿Por qué Carmen nunca le había hablado de él? ¿Se habrían acostado? Tenía que preguntárselo.

—¿Te has acostado con él?

—¡No, por Dios! Tiene pareja y yo no osaría romper una relación así. Lo que quiero decir es que… A ver cómo lo digo… Él me atrae, aunque no tenga nada con él, y tú, en cambio, pues… —Carmen rompió a llorar—. ¿Entiende cuál es el problema? —dijo dirigiéndose a la psicóloga.

—Me hago cargo. Pablo, ¿cómo se encuentra?

—¡¿Que cómo me encuentro?! —dijo alzando mucho la voz—. Pues ¿cómo voy a estar? ¡Flipando! No me puedo creer que mi mujer esté pensando en acostarse con otro tío.

—¡Eso no es así, Pablo! Yo no me he acostado con nadie —gritó a su vez Carmen.

—¡Pero si acabas de decir que lo harías si no tuviera pareja!

—Pero la tiene, Pablo, y yo te quiero a ti. Lo que pasa es que hemos perdido la pasión, que ya no me pones… ¿Cuándo fue la última vez que hicimos algo romántico, o pasional, o lo que fuera? Siempre estás en pijama. Ya no recuerdo la última vez que te pusiste *sexy*. Has engordado, has dejado el gimnasio.

—Pablo no paraba de negar. No daba crédito. Estaba cada vez más furioso.

—No me lo puedo creer. O sea, me desvivo por ti, te tengo la casa perfecta, te hago la cama, la comida, te arreglo el jardín, intento buscar trabajo, pero a la señorita no le parece suficiente, también quiere que le prepare una cenita romántica o yo qué sé…

—Cálmese, por favor —intercedió la psicóloga. Carmen no paraba de llorar y Pablo estaba muy enfadado. Era normal en terapia. Estaba acostumbrada a verlo—. Creo que lo que su mujer intenta decirle es que echa de menos que usted despierte en ella su apetito sexual.

—Y por eso me menciona a su compañero de trabajo, ¿no? —dijo con sarcasmo, lleno de ira.

La psicóloga miró a Carmen y, por primera vez, esta le devolvió la mirada y comprendió su intención. Ahí se había pasado. No debería haberlo mencionado y ahora tenía que pedirle perdón.

—Lo siento, Pablo. No debería haberte dicho eso. La psicóloga lleva razón. Es solo que… te echo de menos.

—Y yo también, ¿o qué te crees? Pero si no me dejas que te toque porque estás pensando en Alberto o en fulanito…

—Podemos arreglarlo —murmulló Carmen. No estaba muy convencida, pero no quería perder a Pablo.

—Sí, claro, apuntándome a un gimnasio y haciendo dieta, ¿no? Tú quieres un amo de casa y un *sex symbol*. Lo quieres todo, bonita. Pues yo renuncio… —Tal como lo dijo, se arrepintió. No tenía donde ir, pero era un farol que no iría lejos.

—No, amor. Yo te quiero a ti. Lo siento, lo siento mucho. —Carmen no paraba de llorar. No quería perderlo, pero era consciente de que para poder hacerlo con él, tendría que cerrar los ojos e imaginarse a Alberto. ¡Qué resignación! Por eso no quería venir a terapia…

Pablo se ablandó y, por primera vez, giró la espalda, que había dado a su mujer desde que empezara a estar enfadado, y la miró. Se compadeció de su llanto y la abrazó, suspirando resignado.

—Ya está. No pasa nada —trató de calmarla.

—Gracias. De verdad que no ha pasado nada, amor, que yo te quiero a ti. Lo siento…

Se abrazaron. Poco a poco, Carmen fue dejando de llorar en los brazos de Pablo, que la acariciaba para calmarla, conteniendo su rabia e intentando perdonarla. La psicóloga los miraba, satisfecha. Habían resuelto muy rápido sus problemas, pero aún había mucho donde rascar.

—Bueno, pues la terapia ha acabado por hoy. Espero verlos la semana que viene, pero mejor por separado.

—De acuerdo. Muchas gracias.

—Que tengan un buen día.

Esa noche, Pablo y Carmen rompieron el hielo y empezaron a recuperar la pasión. Al principio, Carmen seguía pensando en Alberto. Con el tiempo y la terapia, se le olvidó.

Despecho

Noa se arreglaba en el estrecho cuarto de baño del apartamento que compartía con otras dos compañeras de universidad. Tras maquillarse, se enfundó la minifalda y la camiseta con escote alargado y se miró en el espejo. Guapísima, esa noche iba a matar.

Mario la esperaba abajo con la moto y el casco en las manos. Llevaba tejanos, camiseta sin mangas y una chaqueta de motorista. Se había engominado el pelo y puesto kilos de colonia para la fiesta. Él también iba guapo a rabiar.

Noa salió por la puerta del apartamento y lo buscó con la mirada. En cuanto lo vio, se acercó a él. «A ver lo que me dice», pensó. Sin embargo, al acercarse, su novio solo le dio un pequeño beso en los labios. No le dijo qué *sexy* ni la apretó contra él. Se limitó a decirle «ponte esto», dándole el casco, y se montó en la moto. Ella se subió detrás, dispuesta a no montar un drama.

Llegaron a la explanada a las doce y media de la madrugada. Mario la dejó allí con unas compañeras de la facultad y se fue a aparcar la moto. Noa se unió rápidamente al grupo y pronto empezó a beber.

—¡Pero qué pibonazo! —exclamó su mejor amigo gay, que estaba en el grupo de al lado y se acercó a abrazarla y besarla en la cara—. Hoy vienes a matar. —Noa rio.

—¿Y Mario? —le preguntó otra amiga del grupo.

—Está aparcando —dijo Noa, entre abatida y triste.

—¿Qué pasa, tía? —le preguntó Lala, su mejor amiga, notando la cara de circunstancias.

—Nada, nada… —dijo Noa, esquivando la pregunta y fingiendo que no pasaba nada. No quería que nadie se enterase. Al fin y al cabo, era una rayada.

—¿Vamos a pillar tabaco? —sugirió Lala, entendiendo entre líneas que Noa necesitaba desahogarse.

—Vale —dijo Noa.

Se alejaron un poco del grupo y fueron a pedirle un cigarrillo a unos chavales. Uno de ellos, Joan, se fijó en Noa y no le quitaba ojo, pero no habló. Los chavales les dieron el pitillo y ellas, tras darle las gracias, se alejaron a fumar y hablar tranquilas.

—Ahora en serio, ¿qué te pasa? ¿Estás bien?

—No es nada, tía, es solo que estoy un poco rayada. Mario está como… frío. Mira cómo vengo, y él ni siquiera me ha dicho nada cuando me ha visto.

—A lo mejor es que está agobiado por el curro, tía. Hace poco que empezó, ¿no? Igual es eso.

—Puede ser.

—No te rayes, tía.

—Ya.

—De todos modos, ese tío te está mirando.

—¿Quién? —dijo mirando descaradamente hacia donde Lala le señalaba con la mirada—. ¿El de antes? ¿El de la gorra? Pero si antes ni me ha mirado…

—Creo que le gustas.

—Estoy con Mario.

Su móvil pitó de repente. Casualidad o no, era un mensaje de él. No había encontrado aparcamiento, estaba muy cansado y había decidido irse a su casa.

—No me lo puedo creer.

—¿Qué pasa?

—Mario me ha dejado tirada. Se ha ido a casa.

—¡¿Qué dices?!

—Sí, sí, como lo oyes. Que está muy cansado y que me lo pase bien. Oye… ¿tú crees que ese muchacho querrá algo conmigo? —preguntó, mirando fijamente al chico. Él le sostuvo la mirada dos segundos antes de desviarla avergonzado por la pillada. Aunque estaba con su pandilla, no dejaba de girar la cabeza y mirar en su dirección—. Me voy a acercar.

—Oye, pero no decías… —Lala no pudo terminar la frase. Noa ya se estaba acercando al grupo—. Ay, Dios —dijo para sí. Sabía que eso solo podía terminar en un drama futuro. Se acercó al grupo justo detrás de ella. No pensaba dejarla sola con cinco tíos. Podían ser una de esas «manadas».

—Hola de nuevo. Se me ha apagado el cigarrillo. ¿Me lo podéis encender? —dijo mirando a Joan, quien se puso rojo e hizo amago de mirar hacia otro lado.

—Claro, guapa —le dijo otro chico, encendiéndole el cigarrillo—. Aquí mi amigo, que es muy tímido —dijo señalando con la cabeza a su amigo.

—¿Y cómo te llamas, guapa? —preguntó otro.

—Yo soy Noa, y esta es mi amiga Lala.—Lala le pellizcó. No le gustaba que dijeran sus verdaderos nombres. Nunca sabías con qué tipo de gente te podías encontrar. Noa la ignoró.

—Encantada —soltó Lala, secamente.

—¿Queréis beber algo, guapas? —Lala miró a su pandilla. Estaban tres o cuatro grupos más allá y no las veían. Sutilmente, cogió el móvil rápido y le escribió a Miriam para que supieran dónde estaban. Bip, bip. Le llegó la vuelta rápido: «OK». Giró

31

la cabeza e hizo contacto visual con ella. Ahora ya estaba más tranquila.

Mientras tanto, Noa ya había dicho que sí y había empezado a preguntarles. Los cinco estudiaban en la universidad, pero no estaban en la misma carrera, sino que se habían conocido en la residencia. Joan estudiaba tercer curso de Medicina.

—Ah, ¿sí? Qué casualidad, yo estudio Enfermería y estoy en segundo. —Joan miró para abajo, con la cara roja y una sonrisa.

—Pues sí, ya es casualidad. – respondió, hablando así por primera vez.

—Uuuh, podríais trabajar juntos en consulta y… —Uno de sus amigos se puso a hacer gestos obscenos con las manos. Todos se rieron. Joan se puso todavía más rojo.

—Aquí nuestro amigo que es virgen y no se ha estrenado todavía.

—¡Qué dices, imbécil! —intentó defenderse. Sus amigos reían a carcajadas.

Se miraron a los ojos y se gustaron. Lo supieron desde ese momento. Lala también empezó a tontear con otro de los chicos, Joaquín. Ella estaba soltera, así que no tenía problema en liarse con quien fuera.

El botellón se alargó hasta las 2:30-3:00 de la mañana, momento en el que Miriam le escribió a Lala para decirle que iban para la discoteca:

Tía, vamos para la Gold, ¿dónde estáis? ¿vais a venir?

Sí, tía, un momento, que lo hablo con estos.
Nos vemos allí. Id tirando.

—Ey, nos vamos ya para la discoteca. ¿Os venís?

—Claro, ¿a cuál vais?

—A la Gold.

—¿Vosotros a cuál vais?

—A la misma, claro está.

—¿Vamos?

—¡Vamos!

Los tres amigos echaron a andar, dejando espacio a las dos parejitas que habían hecho sus amigos. Ojalá esa noche ellos también ligaran en la disco. Mientras tanto, los otros se iban conociendo. En la discoteca, Lala lo dio todo con Joaquín en el baño. Sabía que Noa estaba en buenas manos, y ya era mayorcita; si quería hacer algo con ese chico y ponerle los cuernos a Mario, era problema suyo. Ya le lloraría al día siguiente.

Al terminar, Lala volvió con su pandilla y Joaquín con la suya. Noa y Joan seguían hablando, cerca de los amigos de Joan, pero sin hacer nada. Joan le había invitado a una copa.

—Hay mucho ruido aquí, ¿no? —le gritó Joan al oído.

—¡Sí! —gritó Noa.

—¿Nos salimos un rato?

—OK.

Joan la cogió de la mano y salieron a la puerta de la discoteca. Después de que les pusieran a ambos el sello, se alejaron un poco y se sentaron en un banco de la calle. Joan la miró intensamente.

—Noa, tú… me gustas mucho.

—Tú a mí también.

Joan se acercó y la besó. Se dieron un beso largo, con los ojos cerrados. Noa ya ni siquiera pensaba en Mario. Llevaba solo diez meses con él, y el muy tonto la había dejado tirada, así que, si quería liarse con otro, peor para él. No se sentía culpable. Joan la empezó a tocar por encima de la ropa y ella se dejó llevar, tumbándose en el banco. A esas horas de la mañana —serían las cuatro o las cinco—, no los iba a ver nadie, salvo quien saliera de la discoteca, y a ella le daba igual. El chico le gustaba mucho y, para ser supuestamente virgen, no lo hacía nada mal. Se había puesto encima de ella y estaba empujando por encima de la ropa. Ella se dejaba llevar, gimiendo. Entonces giró la cara y abrió los ojos. Y lo vio.

Mario volvió a casa y se acostó, pero no podía dormir. Se sentía fatal por haberla dejado tirada y por haber estado tan frío con ella. Estaba dolido porque ella no le había respondido a los mensajes. Habían discutido por teléfono una semana antes y él sentía que no lo habían arreglado, pero no se sentía preparado para hablar de ello en persona y ella no respondía a los mensajes para hablar. No parecía tener intención de solucionarlo. Se dijo a sí mismo que lo hablaría con ella en cuanto la viera, pero cuando la recogió en la moto y la vio tan guapa y arreglada, no pudo hacerlo. Se limitó a mostrarse frío y a largarse para dejar que ella disfrutara y no montar un número; pero al final no había podido resistirse y había vuelto a la discoteca, porque quería estar con ella. Y entonces la vio.

Noa se quedó en *shock*. Siguió jadeando por inercia, porque Joan seguía empujando encima de ella.

—Mario… —dijo débilmente, pero Mario ya se había girado y volvía a su moto.

Levantó la cabeza y miró a Joan.

—Para —le pidió. Joan se quedó perplejo, pero obedeció y se levantó. Ella se incorporó y echó a correr hacia la moto.

—¡Mario, para! —gritó, pero Mario se montó en la moto, arrancó y se marchó. Lo último que Noa vio de él fue su cara de enfado y su mirada de odio. Lo había estropeado del todo.

Distancia

Santi se despedía de Sara en el aeropuerto de Alicante, rumbo a Berlín. Había conseguido una beca para continuar el doctorado allí durante cuatro meses, pero Sara no lo podía acompañar, pues no podía dejar su trabajo en Alicante. Habían acordado hacer videollamada cada semana y escribirse por WhatsApp a diario.

—Ya verás que enseguida estaré de vuelta aquí, mi amor. Vamos a estar bien.

—Claro que sí —decía Sara, confiada y con ojos de enamorada. Adoraba a su querido Santi más que a nadie ni nada en el mundo, y odiaba la idea de separarse de él, sobre todo cuando acababan de irse a vivir juntos, pero no podía negarle la oportunidad que esta beca le ofrecía. Se agarró a su cuello y lo besó por última vez—. Avisa cuando llegues.

—Lo haré —respondió él con una sonrisa—. Te quiero.

—Y yo.

La primera semana lo llevaron bien, pues estaban acostumbrados a hablar a diario y con la rutina del trabajo de una y los estudios del otro apenas tenían tiempo para pensar. El fin de semana hicieron videollamada, como habían acordado. Santi estaba entusiasmado con Berlín y con la universidad. Parecía un niño pequeño descubriendo la nueva ciudad, y Sara se alegró mucho por él. La llamada no duró mucho, porque Santi había quedado con su compañero de piso y al día siguiente quería ir a ver museos y hacer turismo por la ciudad.

La semana siguiente, todo empezó a cambiar. A mitad de semana, empezaron a escribirse menos, y cuando llegó el fin de semana, esta fue la conversación por videollamada:

—¿Qué tal, Sarita? ¿Cómo está mi niña?

—Bien, pero he estado muy liada y estoy muy preocupada. Mi madre se cayó antes de ayer por las escaleras. Tuvimos que llevarla al hospital. Se ha roto una costilla y está llena de magulladuras. Aunque la operación ha ido bien, ahora debe llevar corsé y apenas puede moverse, aunque yo creo que también exagera.

—¿En serio? ¡Qué dices! Pero ¿cómo ha sido?

—Pues eso, que el otro día bajaba de la azotea con el cesto de la ropa y no se dio cuenta del escalón, tropezó y se cayó.

—Pobrecita… Dale un abrazo de mi parte.

—Lo haré. ¿Y tú cómo estás?

—Genial. Estoy aprendiendo muchísimo y he hecho nuevos amigos: un alemán y un portugués. He quedado con ellos ahora en un rato para tomar algo en el *pub*.

—¡Qué bien! Suena estupendo. Pásalo muy bien, cariño.

—¡Muchas gracias! Te tengo que dejar, que me tengo que cambiar en breve.

—Vale, amor, disfruta. ¡Un beso! ¡Te echo de menos!

—¡Y yo! Ojalá estuvieras aquí conmigo. ¡Otro beso para ti! Cuídate mucho, princesa.

La tercera semana les fue prácticamente imposible hablar por WhatsApp. Sara tenía que organizarse con su hermana para poder cuidar de su madre, que les pedía favores todo el tiempo y necesitaba ayuda para cocinar y hacer las tareas de la casa. Mientras tanto, Santi organizaba un viaje a Múnich con sus nuevos amigos para descubrir el Oktoberfest. Ese fin de semana no pudieron hablar por videollamada.

El fin de semana siguiente, Santi le habló a Sara maravillas de sus nuevos compañeros, del viaje a Múnich y de todo lo que habían hecho. Sara le escuchaba y se alegraba por él, pero estaba reventada y lo echaba de menos. Necesitaba alguien que la animara, la consolara y le diera un abrazo, pero Santi estaba a mil kilómetros de distancia pasándoselo bien. ¿Quién era ella para aguarle la fiesta con sus problemas? Prefirió no decir nada, contarle por encima lo de su madre y el trabajo, y decirle que todo estaba bien y solo se encontraba un poco cansada. En realidad, estaba frustrada y empezó a cultivar cierto rencor y envidia al ver lo bien que se lo pasaba él y lo poco que se preocupaba por ella y por su madre.

La semana siguiente, Santi volvió a viajar y no pudieron hablar. La rutina se fue alargando y la relación comenzó a enfriarse. Santi le enviaba fotos a Sara, pero esta se limitaba a responder educadamente: *«qué bien»* o *«pásalo genial»*. Él esperaba otro tipo de respuestas. Por ejemplo, *«cómo me gustaría estar allí contigo»* o *«he visto un vuelo a Berlín»*. Le habría encantado volver a verla y llevarla a miles de sitios; sin embargo, esos mensajes nunca llegaban y él empezaba a desencantarse y deprimirse un poco. La echaba de menos, pero no veía que ella sintiera lo mismo ni mostrara ningún interés. Mientras tanto, Sara seguía cuidando de su madre, que resultó tener una tendinitis derivada de las lesiones, y seguía necesitando ayuda y se aprovechaba de ello para abusar de la generosidad de sus hijas.

La siguiente videollamada fue más bien tensa. Santi le habló a Sara de sus viajes, pero como la veía cansada y aburrida, le preguntó si es que no le interesaba lo que le estaba contando. Sara le explicó lo que había pasado con su madre y que estaba agotada y le echó en cara que él nunca le preguntara. El cruce de reproches acabó con el fin abrupto de la videollamada, lo que llevó a que dejaran de hablarse por WhatsApp durante varios días.

Aquella semana, Santi decidió redoblar sus fiestas con los nuevos amigos y en un *pub* conoció a Noelia, una española que estaba allí con otra beca. Empezaron a hablar y conectaron. Noelia le contó que su novio de España la había dejado porque había conocido a otra chica y que ella estaba empezando a pasar página. Esa noche se enrollaron por primera vez.

Al día siguiente, Sara le escribió a Santi pidiéndole perdón y diciéndole que lo echaba de menos y que había mirado vuelos por internet. Santi le dijo que vale, que viniera, pero no le dijo nada de lo que había pasado con Noelia, porque no esperaba volverla a ver. Sin embargo, al día siguiente, Noelia le escribió proponiéndole quedar para ir al cine.

> *Hola, guapo. ¿Cómo estás? ¿Te apetece ir*
> *al cine mañana? Echan la nueva de Marvel.*
> *Creo que te gustaba, ¿no?*

Santi se sintió confundido. La película de Marvel le gustaba, claro, pero Noelia también, y ella lo sabía. Sara llegaría en tres semanas y él sabía que quedar con Noelia sería un error porque podía pasar cualquier cosa, pero intentó convencerse de que podrían quedar solo como amigos. «*No tiene por qué pasar nada, ¿verdad?*», pensó antes de responder.

Suena genial. ¿Cuándo nos vemos?

¿A las cinco en el centro comercial?
Podríamos tomar algo antes o después, ¿te apetece?

Sí, claro.

Pues mañana nos vemos.

Hasta mañana.

Mientras Santi y Noelia quedaban, la madre de Sara se empezó a recuperar por fin, dejándola respirar un poco más tranquila. Sara se puso a organizar el viaje y la maleta, ilusionada por ver a Santi; sin embargo, comenzó a notar cosas raras: Santi pasaba mucho tiempo en línea, pero nunca le respondía al momento. Además, le escribía frases cortas, y nunca quería hacer videollamada: la única que lograron hacer no duró ni cinco minutos. Siempre estaba con algún amigo, le reclamaban o estaba de viaje o en una conferencia. Empezó a ponerse un poco nerviosa, como si intuyera algo, pero no quiso darle muchas vueltas.

El día indicado, cogió su avión a Berlín. Santi la esperaba en el aeropuerto y la recibió con un abrazo y un beso cariñoso, aunque no del tipo que ella esperaba; de hecho, lo notó un poco raro, como si estuviera nervioso por algo. Lo que ella no sabía todavía era que Santi se sentía tremendamente culpable, porque durante esas tres semanas se había acostado con Noelia varias veces y habían empezado a verse casi a diario, tanto que había tenido que inventarse la excusa de que tenía mucho trabajo para que Noelia no lo molestara en su casa ese fin de semana.

Por desgracia, el plan le falló, porque Noelia quiso ir a «aliviarle el trabajo» a su piso el sábado, al día siguiente de la llegada de Sara, y no lo encontró allí. Su compañero, Kristian, no supo qué decirle a Noelia, pues los conocía a ambos y no quería meterse en medio. Su amigo lo mataría. Intentó decirle que Santi llegaría tarde, pero Noelia sospechó que había gato encerrado y entró en el cuarto, donde vio una maleta y unas bragas de mujer. Airada, se fue de la casa dando un portazo.

Al terminar el fin de semana, Sara se fue y Kristian le contó a Santi lo que había pasado con Noelia. Santi maldijo su mala suerte y se fue corriendo al piso de ella a «explicarle» todo. Le mintió, diciéndole que había cortado con su novia tras ese fin de semana, que, en realidad, había sido superbonito y romántico para los dos. Así fue como Santi siguió quedando con Noelia a diario el resto del tiempo que duró la beca, mientras Sara pensaba que entre ellos todo se había arreglado y que Santi estaba simplemente distante porque estaba disfrutando y aprovechando a tope su estancia en Berlín. Cuando Santi volvió, cortó con Noelia. Sara nunca se enteró de nada.

Influencia

Rafa se encontraba en el bar tomando una caña con su mejor amigo, Álvaro. Estaban hablando, como siempre, de la vida, del trabajo, de videojuegos… y de mujeres.

Álvaro estaba empezando a tener una relación seria con una chica después de varios años. Había estado casi nueve años con una chica y, cuando ella lo dejó por otro, a él se le vino el mundo encima y comenzó a beber y a liarse con chicas, buscando sacarse el clavo sin conseguirlo. Su compañero de batallas, bebidas y aventuras nocturnas siempre fue Rafa, el soltero empedernido que nunca había tenido pareja… ni quería. Rafa vivía como un rey en casa de su madre. No quería estar con nadie que le dijera lo que tenía que hacer. Su madre no se metía en nada y él estaba tranquilo: salía, bebía, se acostaba con las chicas donde pillaba —normalmente en su coche— y, al día siguiente, si te he visto, no me acuerdo. Nunca las llevaba a casa.

Álvaro había sido como Rafa durante un tiempo, antes de conocer a la que iba a ser su mujer. Tras separarse justo antes de la boda, después de cuatro meses conviviendo, se tuvo que volver a buscar un piso de soltero. Fue muy duro y, al principio, le costó tiempo y dinero, también en psicólogos. Sentía que se estaba quedando atrás, ya que todos sus amigos estaban ya casándose o teniendo hijos. Con Rafa eso no le pasaba, ya que Rafa seguía comportándose exactamente igual con treinta y cinco años que cuando tenían veinte e iban a la universidad. Por eso, para Álvaro, salir con Rafa era el desahogo perfecto para no pensar. Hasta que conoció a Manuela.

El día que la conoció fue una noche como otra cualquiera; sin embargo, Manuela no se comportó como las otras chicas. Ella no le dejó hacer nada, sino que lo obligó a esperar. Eso lo volvió loco de ganas. Y esa excitación y ese interés dieron pronto paso a algo más: primero, la curiosidad, y luego, poco a poco, fue aprendiendo a desarrollar la paciencia, que parecía haber perdido tras su anterior relación. Sin embargo, en el fondo, Álvaro era un hervidero de miedos, miedo a repetir lo mismo, miedo a enamorarse, a tener una relación y a que se volviera a fastidiar. Por eso, y porque se había convertido en costumbre, Álvaro seguía quedando con Rafa, aunque ya apenas salía de fiesta con él.

Durante el tiempo que Álvaro estuvo soltero, Rafa se acostumbró a tenerlo cerca. Era un tío divertido por las noches, pero siempre tenía su punto de sensatez y madurez, ese que le faltaba a Rafa. Álvaro siempre daba los consejos adecuados. Lo conocía y sabía leer a través de él. Siempre estaba ahí cuando lo necesitaba, siempre estaba disponible para salir a beber y buscar chicas, para hablar, para reírse de la vida, aunque al principio era Rafa quien trataba de hacerlo reír a él. Se habían hecho muy amigos.

Cuando Manuela entró en sus vidas, todo cambió. Álvaro empezó a quedar con ella más a menudo y no siempre podía hacerlo con Rafa. Ya no quedaba para salir de fiesta. Muchas veces le ponía excusas, como que estaba con Manuela y no podía hablar. A Rafa todo esto le molestaba, pero después de una o dos peleas con él, aprendió que era mejor no decir nada para no enfadarlo y perder la relación.

Aquella tarde, en el bar, estaban tomando algo tras tres semanas sin verse, poniéndose al día. Rafa le estaba hablando a Álvaro de las últimas chicas que había conocido en una aplicación y en bares.

Le estaba dando los detalles y enseñando fotos: «Mira qué cuerpo, tío; esta también estaba buenísima, hicimos de todo». Todas sus relaciones eran superficiales: se basaban en acostarse una noche. En realidad, Rafa le tenía pánico al compromiso, porque sus padres se habían divorciado cuando era muy pequeño y no creía en el amor.

Álvaro estaba nervioso, porque Manuela le había propuesto irse a vivir a su piso y él no lo tenía claro. La sola idea de la convivencia le causaba terror, porque era precisamente su telón de Aquiles: temía que, al vivir juntos, se pelearan y lo dejara a los pocos meses. Quería seguir disfrutando de lo bonito de la relación. Estaba convencido de que la convivencia haría que se separaran. Y así se lo estaba contando a su amigo.

—Claro, tío, te entiendo. Es normal.

—El caso es que me gustaría vivir con ella, pero no sé, no lo veo claro.

—Pero ¿tú estás enamorado?

—¿Yo? —dudó—. Sí…, claro.

—No te veo yo muy enamorado. No sé, tío, no es como cuando te pillaste por aquella chica, ¿cómo era? Natalia. —El recuerdo de Natalia hizo que a Álvaro le entraran escalofríos. Natalia era un bombón que hacía con él lo que quería, y así había sido hasta que lo dejó.

—Ufff, no me lo recuerdes. A ver, no es lo mismo. Son completamente diferentes.

—Mmm, bueno, por eso. A lo mejor lo que estás buscando no es alguien como Manuela, sino otra Natalia.

—Quita, quita, eso nunca. Con una ya me basta en la vida.

—Pero ¿y no crees que quizás haya alguien más con quien debas estar? Ya sabes, alguien que te haga tilín como hacía ella, que te haga sentir cositas… Es que, tío, parece que, en vez de pareja, te hayas muerto en vida.

—¡¿Qué dices, imbécil?! —Hizo amago de pegarle, pero lo decía de broma, pues sabía que, en el fondo, llevaba razón. Desde que conoció a Manuela, su vida había cambiado por completo: había dejado de beber y de salir, había vuelto a la vida cada vez más rutinaria y sentía que se aburría—. Creo que llevas razón, quizás debería buscar algo mejor.

—¿Ves, tío? Si es lo que te digo yo. Hay muchos peces en el mar. Si vieras las mujeres que hay por ahí, seguro que encontrabas a otra que le diera veinte vueltas a Manuela.

—Puede ser, puede ser…

Aquella noche, Álvaro no dejó de darle vueltas a la cabeza. Estuvo distante con Manuela durante varios días. No quería verla ni hablar con ella. A los pocos días, ella se cansó y le preguntó qué le pasaba. Él, sintiéndose acosado y reconcomido por el miedo a que ella lo dejara, pero incapaz de expresarlo, decidió dejarla y volver a salir con Rafa de fiesta. Nunca volvió a encontrar a otra Manuela, pero sí encontró a otra Natalia que lo volvió a dejar, esta vez en el altar.

Armario

Era el año 2005. David se encontraba en una playa en Canadá con su futura esposa, Elisabeth. Él era irlandés, pero se había marchado a Canadá a estudiar y había conseguido un buen puesto en una empresa de electrodomésticos. Había hecho muy buenos amigos allí y llevaba ya casi tres años con una chica que quería casarse con él, y se lo estaba planteando.

Distraído, miró a su alrededor, mientras Elisabeth tomaba el escaso sol de la playa de Erie. Era julio y hacía bochorno, por lo que la playa de la urbanización estaba bastante llena. La miró y vio una vida en común y un futuro tranquilo, pero sin deseo, sin aventura, sin excitación. Por un momento se sintió encarcelado. Levantó la cabeza buscando respirar aire fresco y miró hacia el mar. Y, entonces, lo vio: saliendo del agua había un hombre que parecía David Hasselhoff, el de *Los vigilantes de la playa* o *Baywatch,* pero más joven. Estaba echándose el pelo hacia atrás y lucía un compacto bañador rojo como el de la serie. A David se le erizó la piel y notó cómo su miembro cobraba vida propia. «¡Mierda!». Intentó calmarse como pudo, mirando hacia otro lado.

No era la primera vez. Sus padres lo enviaron al internado cuando era pequeño por ese motivo, y luego a Canadá para que la gente del pueblo no se diera cuenta de la orientación sexual de su hijo. Sus padres lo machacaron desde pequeño, sobre todo su padre. Decía que era un degenerado y que lo iban a meter en la cárcel[1]. También decía que se avergonzaba de él. Al principio, intentó ocultarlo. Para complacer a su padre, tuvo algunas «novias» con las que, en realidad, no hacía nada; solo servía para que la gente del pueblo creyera que era un chico «normal». Durante la adolescencia podía disimularlo. Luego, intentaron convencer a todos de que el chico era un perfecto caballero católico que no haría nada hasta el matrimonio. Sin embargo, había algo que hacía que, con el paso del tiempo, todas las chicas se cansaran de él. Entonces, su padre decidió enviarlo a Canadá a estudiar.

Allí creyó que, por fin, podría ser libre, pero se equivocó. La universidad privada en la que estudió era católica y perseguía y castigaba la homosexualidad como en Irlanda, pues se regía por sus mismas reglas, por lo que llegó a coger tal pánico y asco a su propia orientación sexual que acabó odiándose a sí mismo por sentir deseo por otros hombres.

La cosa no mejoró al salir del colegio. Convencido de que no podían gustarle los hombres porque era un pecado mortal, intentó integrarse en la sociedad canadiense como un ciudadano «normal», heterosexual, y hasta se forzó a acostarse por primera vez con una chica. No es que fuera la experiencia más emocionante de su vida, pero había perdido el miedo a hacerlo con chicas.

Ahora que tenía novia, lo hacía de vez en cuando con ella, aunque no todo lo que a ella le gustaría. Él, en todo caso, no disfrutaba nada, pero a ella no parecía importarle. Él tenía un buen puesto y una buena casa y, según los padres de ella, era muy buen partido. Era, además, un chico tranquilo y educado, bien

---

[1] En Irlanda, la homosexualidad fue perseguida y castigada con penas de cárcel hasta 1993.

parecido y aparentemente seguro de sí mismo, aunque a ratos a Elisabeth le parecía un poco rara su forma de comportarse con otros hombres, pero no le daba mayor importancia. Elisabeth no sospechaba nada, o eso parecía, y David se sentía en una jaula de cristal a punto de estallar en pedazos en cualquier momento, pero se había convencido de que solo podría vivir de ese modo, de cara a la galería. Hasta que ella le propuso matrimonio, viendo que los años pasaban y todos sus amigos se casaban y él no se lo proponía. Él le había dicho que necesitaba pensárselo. Ella había aceptado y le estaba dejando su tiempo.

Volvió a mirar al hombre que parecía David Hasselhoff y maldijo su suerte: en Canadá acababan de aprobar una ley que permitía el matrimonio entre personas del mismo sexo, y esto le había dado mucho que pensar. Había llegado a convencerse tanto de que aquello estaba mal que casi le parecía que esa ley era una osadía y, sin embargo, algo dentro de él le gritaba que saliera ese David que había enterrado hacía años.

Volvió a mirar a Elisabeth y lo comprendió. No podía casarse con ella. Quería casarse con un hombre, quería hacerlo todo con un hombre y lo quería hacer ya, porque ya había perdido mucho tiempo. Esa misma noche, habló con ella seriamente. Elisabeth se enfadó y se fue de casa. Volvió a casa de sus padres, echando pestes de él. David dejó su trabajo y se fue del país. Decidió mudarse a España, donde habían aprobado la ley homosexual un mes antes. Allí empezaría su nueva vida, una vida en la que, al fin, fuera libre para elegir quién quería ser y con quién quería estar.

Al principio, no fue nada fácil. Encontrar trabajo le resultó algo más sencillo, pues en la costa malagueña había muchos

ingleses y se necesitaba a nativos, aunque el puesto fue totalmente distinto a lo que estaba acostumbrado a hacer. Empezó
de camarero y, poco a poco, según fue aprendiendo español, fue
encontrando un empleo relacionado con su profesión. Pero lo
difícil estaba por dentro. Tardó varios años en aceptarse.

La primera vez que quedó con un chico no fue capaz de
hacer nada, porque, si bien una parte de su cuerpo le pedía hacerlo, la otra le provocaba dolores de barriga y sensación de fatiga.
Finalmente, tuvo que acudir a un psicólogo para que lo ayudara.
Así fue como, tras meses de terapia y varios ligues ocasionales,
conoció al que más tarde sería su marido.

Decisiones

Laura entró en la consulta de la psicóloga, una mujer llamada Eva. La consulta consistía en una sala con cojines, pufs y pelotas blandas y grandes como las que se usan para hacer yoga. Eva la invitó a sentarse donde estuviera cómoda. No era la primera vez. Llevaba ya algunas sesiones.

—Bueno, Laura, ¿cómo estás hoy? Laura se echó hacia delante y hacia atrás en la pelota en la que había decidido sentarse esa vez. Estaba visiblemente nerviosa. Algo la reconcomía por dentro y necesitaba soltarlo, contárselo a alguien.

—He conocido a alguien. —respondió .

—Ah, ¿sí? Cuéntame.

—Se llama Víctor, es alto y muy guapo. Entró el otro día a mi tienda y se puso a coquetear conmigo. Hacía mucho tiempo que nadie me regalaba piropos así, ni me miraba de esa manera. —Laura se puso roja. Eva asintió, le sonrió y dejó que siguiera—. El caso es que, al ir a pagar, insistió en dejarme su tarjeta y preguntarme si no me importaría ir a cenar con él un día.

—¿Y lo hiciste?

—Sí, esa misma noche, de hecho… Al salir del trabajo, lo llamé y le pregunté si quería quedar un rato para tomar algo, pero le dije que no podía quedarme a cenar.

—¿Y qué te dijo?

—Aceptó. Me invitó a un helado y estuvimos hablando toda la tarde. Fue algo muy especial, ¿sabes? Como una de esas conexiones que suceden pocas veces en la vida. Coincidimos en muchísimas cosas, nos contamos de otras parejas y, al despedirse, me besó.

—¿Y qué sentiste?

—Uf, un nudo en el estómago. No sé si fueron mariposas o culpabilidad.

—Entiendo. Bueno, vamos a verlo. ¿Qué pasó al llegar a casa?

—Roberto estaba como siempre. Había llegado de casa de sus padres, se había dado una ducha y había preparado la cena para los dos. Me había escrito para avisarme de que no llegara tarde, pero estaba tan a gusto con Víctor que el tiempo se me pasó volando y no me di cuenta. Llegué más tarde y se enfadó un poco, pero creo que no sospechó nada…

—¿Y te sientes bien con eso?

—No —reconoció Laura, hundiendo la cabeza en un cojín—. Me siento una miserable. Y lo peor es que la historia no acaba aquí.

—Continúa.

—Al día siguiente, volví a quedar con Víctor para comer. Le dije a Roberto que me quedaba a almorzar con los compis. Él no sospecharía nada. De todos modos, tenía que irse a casa de sus padres a ayudar, como siempre, ya sabes… —Eva, que conocía la situación, asintió y la dejó seguir—. La comida fue genial, y esta vez no fue solo un beso; nos enrollamos en su coche y me invitó a ir a su casa al día siguiente y, entonces, sí, lo hicimos en su cama. Vive solo, no tiene compromisos ni parejas, tiene un buen trabajo y un piso decente, es independiente, activo, divertido… Todo lo contrario que Roberto.

—Entiendo.

Laura y Roberto llevaban juntos cuatro años. Durante los dos primeros años todo había ido muy bien: hacían muchos planes juntos, viajaban, salían, acampaban, reían, iban al cine… Habían roto el hielo en un chiringuito y, según se iban conociendo, todo había ido bien. Poco a poco, se habían presentado a la familia y los amigos, y habían empezado a vivir juntos. La convivencia era muy buena. Todo era fácil con Roberto, que se dejaba llevar por Laura y le decía a todo que sí.

Sin embargo, al cabo de un año viviendo juntos, la cosa se empezó a torcer. Roberto perdió su trabajo y por más currículum que echaba no le salía nada. Por suerte, podían tirar con el sueldo de Laura, y Roberto encontraba trabajo de vez en cuando, pero ya no podían tener el nivel de vida que llevaban antes, y ahora, Laura, que tenía muchos ahorros, a veces lo ayudaba económicamente para que pudiera acompañarlo en algún viaje o, si no, tenía que irse sola, y eso no le hacía gracia, porque a ella no le gustaba hacer nada sola.

La cosa se había complicado aún más en los últimos meses, pues el padre de Roberto había sufrido un ictus que lo había dejado medio paralizado y totalmente dependiente. Roberto era el único de tres hermanos que vivía en la misma ciudad y no tenía cargas familiares, por lo que había decidido dedicarse en cuerpo y alma a cuidar de su padre y ayudar a su madre con la casa. Por eso, ya no trabajaba en nada y apenas tenía tiempo para Laura que, aunque lo quería, se veía cada vez más sola. Por esa razón había empezado la terapia.

—¿Cuándo lo viste por última vez? —siguió preguntando Eva sobre Víctor.

—Antes de ayer. Pero hablamos a diario.

—¿Y Roberto lo sabe? —Laura volvió a hundir la cara en el cojín, avergonzada. Se lo quitó y, con lágrimas en los ojos, negó con la cabeza.

—No se huele nada. Está tan preocupado por su padre que ya ni siquiera me mira. Solo se acuesta en mi regazo cuando vemos las películas y siempre se queda dormido. No he tenido valor de hablar con él. ¿Para qué?

—Pero, Laura, sabes que le estás mintiendo…

—Lo sé, pero ¿qué cambiaría decírselo? Podría perderlo todo, y no quiero.

—¿Víctor sabe que tienes pareja?

—No se lo he dicho. Tampoco sé qué hacer. —Laura estaba visiblemente agobiada ante la presión, así que Eva optó por cambiar de técnica.

—Vamos a jugar a un juego.

—De acuerdo.

—Voy a darte unas cartas con unos adjetivos y tienes que elegir cinco que creas que identifiquen a Víctor y otras cinco que identifiquen a Roberto, ¿de acuerdo?

—De acuerdo.

—Tómate tu tiempo.

Eva barajó las cartas y se las dio a Laura.

—Solo ve mirándolas y, cuando veas que una te llama la atención y te recuerda a uno de los dos, la pones en un montoncito o en otro. Vamos a imaginarnos que un montoncito es Roberto y el otro Víctor. Luego me dices cuál es cuál.

—De acuerdo.

Laura hizo lo que Eva le pidió. Al cabo de unos diez minutos, tenía elegidas las cinco cartas de cada uno.

—¿De quién es este montón? —preguntó la psicóloga, señalando uno.

—De Roberto.

—Vamos a levantar las cartas y ver qué pone cada una, ¿de acuerdo?

—Sí.

—Leal, buen compañero, honesto, agradable, aburrido.

—A ver, en verdad no es tan aburrido…

—No te preocupes. Podemos elegir cartas positivas o negativas. Está bien. Vamos con Víctor: interesante, atractivo, aventura, diversión, placer.

Laura enrojeció hasta la coronilla. El resultado era evidente: Víctor le gustaba mucho y Roberto parecía un amigo; de hecho, ya prácticamente lo veía así. Hacía casi un año de la última vez que… No quiso pensarlo.

—¿Piensas volver a ver a Víctor?

—Sí —respondió Laura con un hilo de voz.

—¿Y no crees que debería saber que tienes pareja?

—Es que… yo ya no sé si tengo pareja. La verdad, no lo sé. Roberto es maravilloso, pero entre él y yo hace tiempo que se perdió la magia, el romanticismo, el sexo… Y yo ya no sé qué hacer para recuperarlo. Por eso estoy aquí, para que me ayudes.

—Yo no puedo ayudarte a hacer eso, Laura. Solo puedo ayudarte a ver tus emociones y lo que necesitas.

—Lo sé, lo sé, pero es todo muy difícil.

—¿Qué es difícil?

—Elegir.

—¿No quieres elegir?

—No, claro que no, quiero tenerlos a los dos. Roberto me da seguridad, calma, es mi hogar, mi vida, mi todo. Lo comparto todo con él desde hace años, aunque ahora no esté pasando un buen momento.

—¿Y Víctor?

—Víctor es… todavía una incógnita por descubrir.

—Pero te gusta.

—Sí, me atrae, pero no sé si será solo un rollo pasajero, un amante ocasional, un desliz, alguien que me aporte esa frescura, ese placer, pero que no me va a dar una estabilidad a largo plazo.

—¿Lo ves así?

—Sí, bueno, no lo sé, todavía no lo conozco. En realidad, sí pienso que podría darme una estabilidad, pero quién sabe hoy en día. Lo acabo de conocer, pero sí, lo veo muy ilusionado y yo… Uf, no sé qué hacer.

—Vale, respira. ¿Qué es lo que quieres?

—¡No lo sé! Lo quiero todo, ¿es mucho pedir?

Eva suspiró. Muchas de las pacientes que acudían a su consulta eran como Laura. Impacientes y controladoras, no soportaban la idea de salir de su zona de confort para enfrentarse a lo desconocido, aunque esto pudiera ser mejor. Y, al final, dependía de cada persona tomar su propia decisión, pero debía responder a la pregunta de Laura.

—Me temo que sí. Es mucho pedir. Salvo que se lo cuentes a los dos y ambos estén de acuerdo en tener una relación poliamorosa, vas a tener que tomar una decisión: elegir a uno de los dos.

—Pero ¿y si no quiero?

—Entonces, el tiempo te obligará tarde o temprano a elegir a uno, y te arriesgarás a perderlos a los dos.

Laura sintió una tremenda presión en el pecho por la ansiedad. ¿Perder a Roberto? Antes se moría. Debía cortar la relación con Víctor, pero ¿cómo hacerlo? No paraba de enviarle mensajes bonitos. Era tan mono y tan ideal, y parecía tan dispuesto a todo… Sabía que la psicóloga llevaba razón, pero no se veía capaz de tomar esa decisión. Tenía que conocer mejor a Víctor. No estaba segura de que fuera tan ideal. Quizás solo lo parecía… Además, si Víctor se enterara de que tenía pareja, estaba segura de que la dejaría. Era un hombre muy independiente, no como ella.

Una semana después, Laura volvió a la consulta.

—¿Y bien?

—Todo sigue igual.

Sí, todo seguía igual. Se había acostado con Víctor tres veces más sin que Roberto se enterara. Al fin y al cabo, apenas pasaba por casa. Laura hasta había llevado a Víctor a su casa, escondiendo las fotos de los dos para disimular, y lo habían hecho en el dormitorio. Se sentía fatal, se estaba flagelando a más no poder, y ninguno de los dos sospechaba nada. Así se lo contó a Eva, que pensó una vez más en un juego.

—Vamos a imaginarnos dos futuros alternativos, ¿de acuerdo? Quizás esto te ayude a tomar la decisión.

—De acuerdo.

—Imagínate por un momento que dejas de ver a Víctor y sigues con Roberto sin decirle nada; de hecho, no tiene por qué enterarse. Tú, simplemente, sigues con tu vida normal. El tiempo pasa y tú te vas enfriando con lo de Víctor. ¿Cómo te sentirías? ¿Te ves feliz?

—Uf, no. No podría. En primer lugar, me sentiría fatal. No podría mirarlo a la cara. Tarde o temprano, tendría que decirle la verdad, o la culpa me quitaría el apetito y el sueño. No puedo mentirle a él, aunque creo que me perdonaría. El problema no es ese, es que yo… no dejaría de pensar en Víctor. No me veo capaz de renunciar a él, a lo que me ofrece. Es demasiado jugoso, demasiado atractivo, tengo ganas de más.

—Pero eso es algo que se puede enfriar con el tiempo.

—Ya, puede que lleves razón, pero es que no es solo el sexo, es que Víctor me aporta frescura, alegría, espontaneidad… Con Roberto estoy hundida en una rutina que me deprime más cada día. Lo sabes bien.

—De acuerdo. Ahora pensemos en otro futuro alternativo: dejas a Roberto, le pides que se vaya de tu casa y le explicas lo que sientes, que tus sentimientos han muerto y que necesitas empezar una nueva vida. Al fin y al cabo, es lo que llevamos ya tiempo hablando en terapia. Puedes contarle lo de Víctor o no. Le explicas a Víctor lo que ha pasado y le dices lo que sientes, que te gusta, pero quieres ir despacio, y vas viendo lo que sucede. ¿Cómo te sentirías?

—Uf, ¿hacerle eso a Roberto? Pero ¿cómo podría? ¿Con todo lo que hizo él por mí? Sería una muy mala persona.

—Olvídate de eso por el momento. Piensa en ti, ¿cómo te sentirías con Víctor? Tendrías que explicarle la situación también.

—No lo sé, ¿cómo puedo saberlo? Apenas lo conozco. Y si se lo cuento, temo que me deje.

—Entiendo. Pero no tengas miedo. Hay formas de decir las cosas, quizás lo entienda si se lo explicas bien. Pero ¿qué sensación te transmite él? Antes has dicho que parece cada vez más ilusionado contigo. ¿En qué sentido?

—Bueno, tiene muchísimos detalles. Es superromántico, es un amor. Despierta en mí cosas que… hace mucho tiempo que no sentía.

—Y eso es bueno, ¿no?

—Sí, y no, porque me siento culpable por no sentirlas por Roberto.

—Entiendo. Pero cuando te olvidas de la culpa que tú misma te autoimpones, ¿cómo te sientes con él?

—En el cielo. Es un perfecto caballero y con él me siento tan a gusto… Es como si lo conociera de toda la vida.

—¿Te ves con él?

—Sí.

—Pero te da miedo.

—Muchísimo. Porque ¿y si sale mal?

—Cariño, siempre que tomamos una decisión, cualquiera que sea, tenemos un 50 % de posibilidades de que salga mal y otro 50 % de posibilidades de que salga bien. La cuestión es: ¿quieres arriesgarte?

—No lo sé.

—Bueno, paso a paso. Creo que primero tendremos que trabajar esa culpa.

—De acuerdo.

—Nos vemos en la próxima sesión.

Eva cerró la consulta y se fue a casa. Por el camino iba pensando en Laura. Eva la entendía. Sabía lo que se sentía, porque ella también tuvo que tomar una decisión así en su momento. Ojalá Laura tomara la decisión adecuada y tuviera el valor de elegir lo que la hacía feliz. Como terapeuta, ella solo podía hacer su trabajo lo mejor que podía. Al final del día, la vida y las decisiones que sus pacientes tomaran dependía solo de ellas.

Por desgracia, Laura no llegó a tomar una decisión. Dejó que el tiempo pasara y, al final, este jugó en su contra. Dos semanas después, Laura llamó llorando a Eva y le contó que finalmente ambos se habían enterado. Víctor fue a casa de Laura para darle una sorpresa y se encontró con Roberto. Víctor llevaba flores, velas y bombones. Al llamar al timbre, Roberto le abrió la puerta creyendo que sería un paquete. Sin embargo, cuando lo vio así, se dio cuenta de lo que pasaba. A ambos chicos les invadió la sorpresa y la vergüenza a la vez.

—¿Quién eres?

—Soy Víctor. Venía a darle una sorpresa a Laura. Tú debes de ser… —dijo dubitativo, esperando que el otro terminara la frase y deseando internamente que fuera su primo o su hermano, pero sus suposiciones fueron correctas.

—Su novio.

—Claro. Yo… Bueno, mejor me voy.

Laura no se enteró de nada. Le resultó extraño que Víctor no le escribiera ni respondiera a sus mensajes y empezó a rayarse con la idea de que hubiera pasado algo que lo hubiera enfadado, pero intentó quitarle hierro al asunto diciéndose que estaría ocupado, aunque era raro, pues había leído sus mensajes. En esas estaba cuando abrió la puerta de casa y ocurrió lo peor. Roberto había cenado y estaba en el sofá, pero había una maleta en la puerta. Al verla entrar, simplemente dijo:

—Tenemos que hablar.

Al mirarlo, Laura supo que lo sabía y se derrumbó. Se deshizo en explicaciones y disculpas, le juró que solo había sido un rollo y que no iba a volver a pasar. Pero, tras hablar toda la noche,

Roberto decidió marcharse. Había preparado la maleta y se fue a casa de sus padres. No quería volver a verla.

Así fue como Laura se dio cuenta de que no tomar decisiones también es tomar una y que tiene consecuencias.

LOS LÍMITES DEL AMOR

Quise cortar la flor
Más tierna del rosal
Pensando que de amor
No me podría pinchar
Y mientras me pinchaba
Me enseñó una cosa
Que una rosa es una rosa es una rosa
Y cuando abrí la mano
Y la dejé caer
Rompieron a sangrar
Las llagas en mi piel
Y con sus pétalos
Me las curó mimosa
Que una rosa es una rosa es una rosa

Una rosa es una rosa, MECANO

Concepción

Mireia se sentó en el sofá con Jorge, que llevaba ya un rato en él y, tras hacer un poco de *zapping,* había optado por poner una telenovela y estaba luchando por evitar que se le cerraran los ojos. Ya habían comido y ella acababa de terminar de fregar los platos. Se acercó poco a poco a su marido, sutilmente, con el cuerpo hacia él y las manos buscándolo.

—Jorge…

—Mmm…

Mireia no conseguía quitarse de la cabeza la idea de ser madre. Habían ido al ginecólogo y este les había dicho que el último recurso era ir a una clínica de infertilidad, pero, mientras tanto, debían hacerlo tanto como pudieran, sobre todo en los días fértiles del mes. Mireia lo había hablado con muchas amigas, que le habían aconsejado todo tipo de trucos:

—Tienes que poner objetos de elefantes y huevos en la habitación. Hazme caso, funciona. Me lo ha dicho mi profe de yoga, que es experta en *feng shui* —le dijo una amiga.

—Cuando termines de hacerlo, debes ponerte cara a la pared y levantar el culo. Esto hará que el semen penetre antes en el útero y, *voilà,* te quedarás preñada al instante —le dijo otra.

Al principio, tras cinco meses de dejar la pastilla y una primera visita al ginecólogo para consultar otras opciones y que este les dijera que no se preocuparan, que eso era normal y que les pasaba a muchas mujeres tras tomar la pastilla durante muchos años, había intentado seguir los consejos de sus amigas.

A Jorge le había parecido sencillamente ridículo, pero se limitó a comentar su disconformidad con el cambio de decoración una sola vez, pues la mirada fulminante de Mireia le desaconsejó empezar una pelea y él se limitó a levantar las manos en son de paz y ceder. Sin embargo, no llevaba nada bien lo de que su mujer se pusiera con el culo para arriba como si estuviera haciendo una pose rara de yoga cada vez que terminaban de hacer el amor. Parecía una loca, y se preguntaba qué diablos había pasado con su mujer, esa Mireia cariñosa que se quedaba abrazada encima de él después de hacerlo. Pero la única vez que intentó decirlo ella lo chistó y le pidió que no la desconcentrara.

El resultado había sido que en los últimos meses Mireia quería hacerlo cada vez más, sobre todo en los días fértiles, y Jorge, que empezaba a estar harto de la situación y solo quería volver a la normalidad, cada vez quería hacerlo menos. Por ese motivo, Mireia intentaba seducirlo. Sentía que a Jorge le agobiaba la presión y, como lo quería, no quería que aquello se convirtiera en un mero ritual de «hay que hacerlo». Pero, inevitablemente, lo era, o así lo sentía Jorge.

—Jorge… —dijo, acercándose más a él y tocándole el muslo.

—Mmm… —Jorge se hizo el dormido, se le estaban cerrando los ojos con el cansancio después del trabajo y la comida y se sentía muy relajado.

—Jorge, ¿hacemos un hijo?

Automáticamente, y como por instinto, Jorge abrió los ojos como platos durante un segundo y todo su cuerpo se tensó. Pero, como no quería que se le notara, probó a seguir haciéndose el dormido.

—Estoy muy cansado, amor… ¿No podemos hacerlo luego? —le propuso con los ojos cerrados. No se atrevía a mirarla a la cara.

—Sí, amor, pero me apetece hacerlo ahora también. Estoy en esos días del mes...

«Ya estamos con la historia de los días del mes», pensó Jorge. Llevaban trece meses desde que Mireia había dejado la pastilla y, para él, el sexo había perdido toda la pasión, todo el gusto. De hecho, se estaba empezando a plantear si su mujer le seguía gustando, pero no osaba decírselo. Llevaban ocho años juntos y no quería decepcionarla. La quería, pero todo esto del bebé le estaba empezando a crear una opresión en el pecho que iba en aumento con el tiempo. Y echaba de menos hacer el amor por placer y no por un objetivo, pero cada vez que intentaba decírselo, no podía. Intentó controlar su tensión y relajarse para intentar seguir haciéndose el dormido, consciente de que ya no podría y de que la pelea sería inevitable.

—Lo siento. No me apetece, amor. ¿No podemos quedarnos aquí tranquilos viendo la serie?

A Jorge le vino a la mente un recuerdo de cuatro años antes, cuando compraron el piso y empezaron a vivir allí. Habían querido hacerlo en cada una de las habitaciones del piso y, por supuesto, el salón, junto con el dormitorio, había sido testigo de muchos momentos de placer. Pero ahora hacía ya mucho tiempo de la última vez que lo hicieron espontáneamente en el sofá. Ahora solo lo hacían en la habitación decorada con aquellos elefantes y huevos del *feng shui* de las narices en los días fértiles del mes. Notaba la irritación que le crecía por dentro.

Mientras tanto, Mireia seguía intentando seducirlo. No quería aceptar un «no» por respuesta. Le agobiaba muchísimo que siguiera pasando el tiempo y no se quedara embarazada. Sabía que ir a una clínica supondría un importante desembolso de dinero que no estaba segura de que se pudieran permitir.

Empezó a lamerle la oreja y a acariciarle la entrepierna, susurrándole al oído.

—Venga… ¿Seguro que no te apetece?

Pero Jorge estaba cada vez más rígido en el sofá. Mireia se puso encima de él y lo besó por el cuello, pero cuando iba a besarle en la boca, vio su mirada de odio y se frenó.

—¿Qué te pasa?

—Que no me apetece —respondió de mal humor—. Estoy cansado, ya te lo he dicho.

—Venga ya, pero si hoy me has dicho que has tenido un día tranquilo. Más cansada estoy yo y aquí estoy, intentándolo.

—Es que ese es el problema, Mireia, que tú solo quieres hacer el amor para que tengamos un niño. ¡Y qué ha sido de nosotros, ¿eh?!

—¡¿Perdona?! —exclamó, subiendo mucho el tono—. ¿Cómo que qué ha sido de nosotros? Te estoy intentando seducir, estoy intentando hacerlo contigo porque me gustas y te quiero, pero últimamente parece que nunca tienes ganas. ¿Es que ya no te gusto?

—Pues mira, la verdad es que ya no lo sé. Hace tanto tiempo de la última vez que lo hicimos por amor y placer que ya no sé si me gustas o si soy un objeto para ti, un instrumento para tener niños, un banco de semen.

—¿En serio? No me puedo creer lo que me estás diciendo, Jorge, de verdad. ¿A qué viene todo esto ahora? Llevamos meses intentándolo, sabes lo mucho que esto significa para mí.

—Lo sé, Mire, y para mí también, créeme, pero es que no creo que poner cuatro animalitos en la habitación o que te pongas patas arriba cada vez que lo hagamos vaya a servir de mucho.

—Ah, eso es lo que te pasa —comentó, enfadada. Pero a Jorge no le importó. Había abierto la caja de Pandora y, una vez puestos a decir verdades, no iba a parar hasta soltarlo todo.

—Sí. Yo entiendo que hagas caso a tus amigas, pero los míos dicen que deberíamos hacerlo normal, sin tantas historias, de una forma espontánea y natural, y yo no podría estar más de acuerdo. ¿Qué pasa con hacerlo en el sofá? ¿O en la cocina? ¿O en el baño? ¿O donde nos dé la gana? Ahora todo tiene que ser en el dormitorio, con esos elefantes de la India que me dan yuyu, porque parecen mirarme con esos ojos de cristal rojo, y esas horrendas pinturas de huevos.

—¡Todo eso lo dice el *feng shui,* que es para ayudar al embarazo!

—Lo sé, pero ¡eso son tonterías! —Mireia no paraba de boquear, entre el horror y la rabia. Estaba atónita. Jorge siguió—: ¿Y qué ha sido de quedarnos abrazaditos después de hacer el amor, decirnos que nos queremos y todo eso? Yo siento que ya no me quieres, Mireia, que solo soy un objeto para ti.

—Pero ¿cómo puedes decir eso? Estoy flipando, de verdad.

La rabia fue dando paso al desconcierto. Mireia no sabía qué decir. ¿En qué momento le había fallado a Jorge? Ella siempre había intentado seducirlo y calmarlo, convencerlo para hacer el amor. Pero, en los últimos tiempos, había sido cada vez más difícil porque él nunca quería. Ahora entendía por qué, pero tenía sentimientos encontrados. Quería ser madre a toda costa, pero no quería perderlo a él. Y se sentía traicionada: ¿por qué diablos no se lo había dicho antes?

—Entonces, ¿ya no me quieres?

—Sí te quiero, Mire. Claro que te quiero.

Jorge se acercó e intentó abrazarla, pero Mireia lo apartó. Estaba dolida.

—Lo siento. Ha sido un arranque. Llevaba mucho tiempo queriendo decirte esto, pero no sabía cómo hacerlo. Siento que haya salido así.

Mireia lo miró. Esto último le había ablandado el corazón, pero seguía dolida y confundida, aunque en el fondo lo entendía. Sabía que tenía razón. En el fondo de su corazón, ella también lo sentía y estaba de acuerdo, pero llevaba tanto tiempo queriendo ser madre que se había convertido en una obsesión. Se puso a llorar inconsolablemente. Se sentía impotente.

—Oye… —dijo Jorge en tono cariñoso. Intentó consolarla con besos y caricias. Mireia se dejaba, pero no podía parar de llorar.

—Amor, perdona. Oye, que si quieres, vamos al cuarto y lo hacemos, venga. —Pero Mireia negó con la cabeza.

—No, Jorge, no hace falta. Si no te apetece…

—Oye, pero que sí que quiero hacerlo contigo. Que me gustas, que me encantas y te quiero. Es solo que lo de tener hijos así, forzado, me agobia un poco.

—Lo sé, si llevas razón. Si es que es verdad. En los últimos tiempos me he comportado como una loca, obsesionada por tener el crío. Pero he intentado tenerte en cuenta, seducirte, cuidarte e intentar que no te agobiaras.

—Lo sé, y lo siento. —Jorge no sabía qué más decir. Se sentía fatal. Mireia seguía llorando como una magdalena.

—A ver, llevas razón —dijo Mireia, ya más calmada—. Deberíamos recuperar la emoción, la intensidad del placer y el amor, y dejarnos de tantas tonterías. Intentarlo sin más, y si me quedo, me quedo, pero es que a mí me agobia mucho no quedarme, y plantarme en los cuarenta o, si tenemos que recurrir a una clínica, nos va a costar un pastón. —Volvieron a brotar lágrimas de sus ojos y Jorge se emocionó.

—Lo sé, amor, sé que te agobia. Pero no te preocupes, todo va a salir bien. Yo creo que no nos quedamos precisamente por todo este estrés, esta presión. Que si lo hiciéramos por gusto, todo sería más fácil y te quedarías embarazada sin darte cuenta, como hacían nuestros padres…

—Tienes razón. He sido una idiota, con tantas tonterías del *feng shui* y todo eso. Vamos a volver a lo de antes, y que pase lo que tenga que pasar.

—Te quiero.

—Te quiero.

Se besaron y se abrazaron con ternura, los dos más tranquilos después de haber puesto las cartas sobre la mesa. El cariño fue dando paso al placer, y esa misma tarde lo hicieron en el sofá y permanecieron abrazados hasta la hora de cenar. Nueve meses después, nació su primer hijo.

Dinero

Como cada mañana, Maca se esforzaba por organizar el desayuno y vestir a sus dos hijos, de dos y cinco años, antes de llevarlos al colegio. Mientras tanto, Jaime, su marido, se anudaba la corbata en el vestidor de su cuarto, preparándose para ir a su trabajo. Cogió el maletín del despacho, bajó las escaleras y se dirigió a la puerta de entrada.

—¡Hasta luego!

Los niños se acercaron corriendo a su padre a darle un beso de despedida. Jaime los cogió en brazos y le dio un beso a cada uno antes de soltarlos.

—¡Que tengáis buen día, pequeñajos!

Maca se acercó lentamente y con paso cansado, casi jadeando por el esfuerzo de lidiar con los niños. Llevaba el pelo recogido de cualquier manera en un moño hecho espontáneamente para evitar que le diera calor. Se acercó a su marido y le preguntó:

—¿Llegarás tarde otra vez?

—¿Me estás controlando?

Maca no respondió. Se limitó a mirarlo con cara de enfado antes de abrirle la puerta y decirle en tono seco:

—Que tengas un buen día.

Los niños seguían mirando al padre con caritas de ilusión y de amor.

—Adiós, papá.

—Adiós, enanos.

Maca cerró la puerta y los mandó de vuelta a la cocina a terminar de desayunar. Sentó a su hijo pequeño, de dos años, en la trona y dejó al mayor, de cinco, en la otra silla para que terminaran de desayunar.

—Portaos bien. Voy a preparar vuestras cosas.

—Sí, mamá. Yo vigilo a Fernando —dijo el hijo mayor. Ella lo miró orgullosa.

Terminó de preparar sus mochilas para llevarlos al cole y a la guardería. Se secó una pequeña lágrima de impotencia. Estaba harta de su marido, pero viendo cómo lo adoraban sus hijos, tenía miedo de perderlos. De todos modos, ¿qué iba a hacer ella? No tenía trabajo desde hacía más de siete años. Desde que se casó, Jaime la convenció de que no les hacía falta. Él ganaba suficiente para los dos, había comprado ese maravilloso chalé con piscina en una urbanización a las afueras de Madrid, lejos de todo, jugaba al golf en verano con unos amigos y se había comprado un coche nuevo para presumir.

A Maca no le gustaba esa vida de caprichos y de presumir. Era más sencilla. Durante el curso escolar, se sentía poco menos que una chacha, todo el día cuidando de sus hijos y, por lo demás, nada. Algún café con las mujeres de los amigos de sus amigos, hablando de trapitos y de las nuevas adquisiciones de sus maridos y lo maravillosos que estos eran. No lo soportaba, tanta perfección le mataba. Vaya panda de falsas. Aun así, subió a arreglarse un poco. Sabía que no podía llegar al colegio sin ser observada por esa panda de madres perfectas. Sería la comidilla de todo el barrio.

Diez minutos después, estaba lista. Para entonces, los niños ya habían desayunado, pero también la habían liado en la cocina, tirando los cereales al suelo y por toda la encimera. Parecía que habían hecho una guerra. Por suerte, ninguno de los dos se había manchado. Los babis habían hecho su efecto. Les riñó un poco y dio las órdenes de siempre: «Coged las mochilas y seguidme». Le dio la mano al pequeño.

Veinte minutos más tarde, con los niños ya en el colegio y en la guardería respectivamente, dedicó otros quince minutos a limpiar la cocina. Sus fantásticas amigas tenían una limpiadora que hacía ese trabajo por ellas. Jaime decía que ellos no lo necesitaban porque Maca era una estupenda ama de casa. En realidad, no se lo podían permitir, como tampoco se podían permitir el mantenimiento de la piscina (que limpiaba Jaime en verano, comprando y echando él mismo los productos, y Maca limpiaba lo que caía del jardín), el coche nuevo (que había costado quince años de financiación), el colegio de los niños (para el que pedían una ayuda al Gobierno) o el golf, que Jaime pagaba solo durante los meses de verano, pidiendo prestado a sus padres. Pero a él le daba igual, porque vivía la vida que siempre había querido.

A cambio, Maca no trabajaba. Se ocupaba de los niños, de la casa, de la comida, del jardín y de la piscina. Parecía una criada, no su mujer. Pero eso a Jaime le daba igual. La casa estaba limpia, los niños bien atendidos y la comida siempre en la mesa. Hasta que dejó de estarlo, porque él ya no llegaba a casa a tiempo.

Maca y Jaime dejaron de tener relaciones después de que esta se quedara embarazada de su segundo hijo. Maca siempre estaba cansada, tenía un embarazo de riesgo y debía guardar reposo absoluto. Decidieron contratar de niñera a una vecina adolescente, pero dimitió porque Jaime intentó tocarla un día y ella amenazó con denunciarlo. Para entonces, el pequeño había cumplido ya seis meses. Maca se encontraba mejor y, de todos modos, no trabajaba, así que tenía tiempo para ocuparse de los dos.

Cuando Fernando tenía un año y medio, Jaime empezó a llegar tarde a casa. A Maca eso la enfadaba mucho, porque la comida se quedaba fría y ella lo esperaba para comer, y él, en cambio, ni siquiera la avisaba de que llegaría tarde. Para colmo, llegaba oliendo a colonia de mujer. Por las noches, cuando los niños estaban ya acostados, discutían, a veces a voz en grito, y en ocasiones llovían bofetadas. Por eso, en las últimas semanas, Jaime había optado por irse de fiesta con los compañeros del trabajo después de trabajar. Había otro compañero divorciado que no paraba de decirle que era lo mejor que podía hacer. Pero él, a pesar de todo, no quería hacerle eso a Maca. Sabía que la dejaba en la calle, porque él no iba a renunciar a esa casa.

Esa noche, después del trabajo, llegó a casa borracho. Maca ya había acostado a los niños hacía una hora y se había quedado dormida en el sofá viendo la tele, agotada. Se despertó al oír la puerta de la calle. Jorge entró en el salón.

—Tú, zorra.

—¿Perdona? —Maca no se lo podía creer. Abrió los ojos a duras penas. Aún estaba soñolienta.

—¿Qué es lo que haces todo el día? Holgazanear y tirarte a los vecinos, ¿no?

Maca no daba crédito. No entendía a qué venía eso. El que le había puesto los cuernos con su secretaria era él, y ella había tragado con todo, porque no podía quedarse en la calle y perder a sus hijos. No tenía ni ganas ni tiempo de discutir. Y aquí estaba él, acusándola de vete a saber qué. Seguro que era culpa de ese Óscar, que le había contado mentiras y había malmetido para que pensara mal de ella. Llevaba tiempo comiéndole la cabeza, y eso que ella ni siquiera conocía al tal Óscar.

—¿Qué dices, Jaime? ¡Estás borracho!

—Sí, sí, borracho —dijo con voz pastosa—. Pero seguro que si volviera un día antes, lo pillaría.

—Ah, ¿sí? Pues ¿por qué no lo haces? Así podrías ayudarme con los niños, para variar.

—Mira, zorra…

—¡No me llames así!

—Que no me toques los cojones, que sé que hay otro.

—No hay ningún otro, Jaime. ¡Qué más quisiera yo! Cualquier hombre sería mejor que tú. Eres un payaso. —Jaime abrió mucho la boca.

—¡¿Payaso?! ¿De verdad crees que soy un payaso? ¿Quién paga todo esto? ¿Quién estuvo ahí cuidando de ti cuando nació Santi? ¿O es que se te ha olvidado?

—Uy, sí, muchas gracias. ¿Y qué pasó cuando nació Fernando? ¿Quién intentó abusar de la niñera y se tiró a su secretaria?

—Me estás obligando a hacer algo que no quiero…

—Ah, ¿sí? ¿Y qué me vas a hacer?, ¿pegarme?

—No. Quiero el divorcio.

—Muy bien, porque yo también.

—Pero la casa me la quedo yo.

—Ja, ja, ja. ¿Y tú vas a cuidar de nuestros hijos? ¿Cómo? Si no tienes ni para pagarte el coche.

—¡Es mi casa y está a mi nombre! Los cuidará mi hermana, yo qué sé…

—No, mejor que los cuide María. Seguro que está deseando volver a trabajar aquí. ¡Cerdo!

—Maldita desagradecida. Recoge tus cosas, cerda.

—¿Me vas a echar ahora?

—Sí.

—Jaime, estás borracho. ¿No te das cuenta? ¿Qué vas a decirles a Santi y a Fernando mañana, que mamá se ha ido? ¿Los vas a llevar tú al colegio?

A Jaime le iba a estallar la cabeza.

—Llamaré a mi hermana.

—Es la una de la mañana, te va a mandar a la mierda.

—Me da igual. Coge tus cosas y vete.

—Muy bien. Pues ya hablaremos.

Se fue con aire digno por la puerta, recogió lo necesario en una maleta, metiendo todo con rabia y sin orden, pero cuando estaba terminando de cerrar la maleta, Jaime se acercó por detrás.

—Maca... —dijo con voz infantil de arrepentimiento.

—¿Qué? —respondió enfadada y en un tono más alto del que le habría gustado. No quería despertar a los niños, que dormían en el cuarto de al lado.

—Perdona, que llevas razón... Mi hermana no puede venir esta noche y es todo muy precipitado. Perdona, se me ha ido la pinza. Yo no quería acusarte. Yo... Es todo culpa de Óscar, que me mete esas ideas de celos y me vuelvo loco...

—Cállate. Hoy duermes en el sofá, y mañana no te molestes en volver. Ya me buscaré la manera de entregarte los papeles del divorcio, pero en la casa me quedo yo. Los niños no pueden quedarse solos.

—De acuerdo.

Maca le tiró la almohada y el pijama. Jaime bajó al salón y se tumbó en el sofá *chaise longue.* Cogió una de las mantas y se la echó por encima. Al poco rato, se durmió, pero con muchas pesadillas. Maca, en cambio, no pegó ojo. En cuanto empezó a clarear el día, llamó a su mejor amiga y esta le dio el contacto de un abogado. Se ocupó de los niños y, mientras estaban en el colegio y la guardería, lo llamó y le contó lo que quería. Una semana después, comenzó el proceso del divorcio. Jaime, mientras tanto, se fue a vivir con su hermana.

Maltrato

Miguel se despertó para ir a trabajar. Era profesor de español en la Universidad de Lancaster. En el cuarto de baño pegado a la habitación sonaba el agua de la ducha corriendo por el sumidero. Thomas ya se estaba duchando. Miguel apagó la primera alarma. La segunda no sonaría hasta que Thomas no saliera de la ducha, como cada mañana.

Thomas bajó a preparar los tés y el resto del desayuno, mientras Miguel se duchaba. Llevaban la misma rutina desde hacía cinco años. Se conocieron siete años antes en Portugal, mientras estaban en Lisboa de turismo. Habían coincidido gracias a una aplicación y habían querido seguir viéndose, aunque el comienzo había sido a distancia. Después, Thomas pidió una excedencia (tenía un puesto fijo y muy bien remunerado en Inglaterra) y se fue a Cáceres para estar con él unos meses, pero sabía que tenía que volver. Además, no se sentía a gusto porque no sabía español y no encajó bien con la familia y los amigos de Miguel, así que este echó currículum y, gracias al máster que había hecho, pronto encontró trabajo en Manchester y, al año siguiente, en Lancaster, donde vivía Thomas. Así habían empezado a vivir juntos.

Al principio, todo fue muy bonito. Estaban muy enamorados y llenos de pasión. Pero la cosa se empezó a complicar cuando Miguel le pidió a Thomas que le presentara a su familia y amigos. Thomas no tenía amigos, solo compañeros de trabajo, y no se llevaba demasiado bien con su familia. Hacía años que no hablaba con su padre. Estaban, por tanto, solos en Lancaster, salvo por la vida social que les ofrecían sus trabajos. Miguel echaba de menos bailar (le gustaba mucho y lo practicaba semanalmente en Cáceres), así que se apuntó a clases de baile.

Esa fue su primera pelea. Pese a que en las clases de baile suele haber más hombres heterosexuales, Thomas estaba obsesionado con que Miguel pretendía ligar. Miguel intentó animar a Thomas a apuntarse con él al baile para que lo viera con sus propios ojos y, de paso, hicieran algo juntos, pero Thomas no quiso. No le gustaba el baile. Discutieron a viva voz y, en un momento dado, Thomas le pegó a Miguel. Este se quedó perplejo. Estuvo a punto de responderle, pero se contuvo y se marchó a llorar en silencio. No llevaban ni un año viviendo juntos. Antes de que Miguel pudiera procesarlo y pensar qué hacer —si se marchaba de ese país al que había emigrado por su pareja, pero donde había encontrado por fin un trabajo digno—, llegó Thomas suplicando perdón y diciendo que se había enajenado, que era culpa de los celos y que no volvería a pasar. Miguel le creyó y le perdonó. Estaba enamorado de él y prefirió dejarlo pasar; sin embargo, aquella no fue la única vez que Thomas le puso la mano encima.

Aquella vez, como todas las que vinieron después, Thomas intentó compensar a Miguel. Como tenía tanto dinero, lo invitaba a cenas románticas, escapadas y otros planes que lo entusiasmaran, desde volar en globo hasta hacer submarinismo. A veces, Miguel se quejaba porque no podía dejar tirados a los alumnos con tan poca antelación, pero, aun así, siempre decía que sí, porque le encantaban esos planes espontáneos. Sin embargo, conforme pasaba el tiempo, se empezó a cansar. Se daba cuenta de que lo hacía para compensarlo, y el resto del tiempo no hacía nada romántico. De repente, un buen día, comenzó a pensar que ya no le compensaba esconder los moratones a cambio de una escapada romántica y cuatro o cinco días de amor.

Al principio, él también se sentía culpable de provocar los celos de Thomas. Intentaba no hacer «cosas raras», pero resultó que Thomas tenía celos por todo: algún alumno que lo saludaba en el *pub,* el compañero de trabajo con el que a veces iba a tomar algo…, hasta las compañeras del baile. Miguel se sentía desesperado y empezaba a estar harto, así que, tras la última pelea, le dijo que quería dejarlo. Thomas se desesperó. Le dijo que no podría vivir sin él, le pidió perdón y le prometió empezar con él de cero. Le propuso que se fueran a vivir a Cáceres, cerca de la familia de Miguel, o a Madrid para que los dos pudieran encontrar trabajo y estuvieran cerca de Cáceres. Finalmente, Miguel cedió y empezaron a buscar casa a las afueras de Madrid. Así, dieron con una preciosa casa con jardín y piscina, y la compraron, pero, salvo temporadas, nunca llegaron a vivir allí.

Mientras tanto, Thomas se portó bien. Intentó controlar sus ataques de celos y cólera y no volvió a pegar a Miguel, aunque levantó la mano e hizo amagos alguna vez. Luego, se iba a su cuarto corriendo y pegaba puñetazos a la pared. Miguel le compró un saco de boxeo, pensando que eso ayudaría a apaciguar su ira, pero fue al revés. Thomas estaba cada vez más agresivo y esquivo, pero seguía controlándose y fingiendo que todo estaba bien, aunque Miguel se daba cuenta. No quería pelear con él por el proyecto de la casa, así que lo dejó hacer, hasta que un día Thomas no se pudo contener y sacó toda la rabia acumulada, lo que dejó a Miguel en urgencias del hospital y amenazándolo con ponerle la primera denuncia.

En cuanto estuvo en pie, Miguel volvió a Cáceres, solo. Llamó a su familia para que lo fueran a buscar y, una vez en casa, lo contó todo. Empezó una terapia que duró meses y, poco a poco, empezó a encontrar trabajo en Cáceres. Por supuesto, Thomas fue a Cáceres a buscarlo un par de veces. La primera vez logró dar con él y suplicarle, pero Miguel no se ablandó. Para entonces, lo odiaba con todas sus fuerzas. La segunda vez, no pudo encontrarlo. La familia y los amigos de Miguel consiguieron esconderlo. Intentó buscarlo en el trabajo, pero tampoco tuvo éxito. Por fin, se marchó y desapareció para siempre.

Chantaje

Arturo jugaba con sus coches en la habitación, con la puerta entreabierta. En la cocina, sus padres discutían. Estaba acostumbrado. A pesar de su corta edad, ya llevaba varios años escuchándolos discutir por todo, aunque ese último año las peleas eran cada vez más fuertes: gritaban más que antes, pero siempre acababa igual.

Bárbara estaba pelando patatas para hacer una tortilla en la cocina cuando Manuel llegó del trabajo, cansado y con hambre, pero ilusionado con un nuevo proyecto.

—Hola, cariño —dijo, dándole un beso en la mejilla—. ¡Qué hambre! ¿Hay algo para picar?

—Mira en la nevera. Yo estoy ocupada —dijo secamente. Se sentía una chacha.

Manuel sacó el salchichón de la nevera y cortó unos trozos de pan. Comió un poco y, con la boca llena, le contó lo que había visto esa mañana.

—Cariño, he oído que Ramón e Icíar han comprado un piso en el pueblo por solo 130.000 euros a reformar. He pasado por delante de otro piso en venta hoy y he llamado para preguntar. Piden 90.000 euros a reformar, con tres habitaciones. ¿Qué te parece? Podríamos irnos al pueblo. Arturo estaría más cerca del colegio y de sus amigos. Podría ir andando y…

Bárbara dejó de prestarle atención. Resopló fuerte y respiró hondo nada más escuchar la cifra. Como si pudieran permitirse una hipoteca a su edad, con casi cincuenta años, y el único sueldo fijo de la casa era el de ella.

—¿Otra vez estás con esa locura? Ya lo hemos hablado otras veces. No nos lo podemos permitir.

—Pero, amor, ¿no ves que esta casa se nos cae a pedazos, que estamos en el culo del mundo, que…?

—¿En el culo del mundo? Esta es la casa en la que crecí y, antes que yo, mi padre. Mi abuelo la construyó con sus propias manos.

—Y yo la he ido reformando con las mías.

—Sí, claro, tú le has hecho un par de arreglillos. ¿Tú sabes lo que cuesta mantener una casa? Por no hablar de comprar una. A nuestra edad, el banco no nos daría una hipoteca. ¿Qué vamos a pagar, hasta los ochenta años?

—Pero, cariño, podríamos tirar de los ahorros. Tenemos bastantes. Y yo ahora tengo un trabajo fijo…

—Los ahorros no se tocan. El dinero que tengo es para cuando Arturo vaya a la universidad. Y tu trabajo nunca se sabe, que ya te han echado de cuatro trabajos antes.

—Eso es un golpe bajo.

—Lo siento, pero es la verdad.

—Pero ¿de verdad no crees que sería mejor mudarnos a la ciudad? Así, Arturo no tendría que pagar alojamiento cuando quiera estudiar en la universidad.

—¿Y tú qué sabes lo que va a querer estudiar el niño? ¿Y si se quiere ir a Madrid? Y ahora nos gastamos el dinero de sus estudios en comprarnos una casa, o un coche. Venga, hombre…

—Joder, Bárbara, pero que no sabemos lo que pasará dentro de diez o doce años.

—¿Qué me estás diciendo? ¿Que lo mismo no estamos juntos? Porque, entonces, me estás dando la razón.

—Pero ¡¿qué dices?! Lo que digo es que deberíamos pensar en el presente. Que está bien que ahorremos, pero que también pensemos en vivir a gusto nosotros tres ahora, en una casa más céntrica, con mejores servicios, con mayor seguridad, que aquí Arturo no puede salir ni a la calle ni ir a ningún sitio con sus amigos sin que lo llevemos en coche.

—Eso te lo estás inventando tú. Él juega perfectamente con el perro en el jardín, tiene mucho espacio para jugar, y llevarlo y traerlo a casa de sus amigos no es ningún problema. Si tanto te molesta, ya lo organizo yo, no te preocupes.

Manuel empezó a resoplar. Su mujer lo sacaba de quicio, tan encerrada en esa aldea sin poder salir, qué suplicio. Y no entraba en razón. Entendía la preocupación económica, pero cuanto más mayores se hicieran, sería peor.

—No estoy diciendo eso, y lo sabes perfectamente.

—Ah, ¿sí? Porque parece que te molesta. Y te recuerdo que yo me he criado aquí y no me ha pasado nada raro.

—Lo sé —dijo Manuel para darle la razón, pero en el fondo pensaba que sí, que tanto tiempo sin salir de esa aldea y esa casa le había afectado a las neuronas.

—Además, Isabel y Paco están construyendo una casa aquí al lado y su hijo Jonás puede jugar con Arturo, así que no está tan solo.

—No son tan amigos.

—Lo serán. ¿Tú qué sabes?

—Lo que tú digas…

—Pues sí, porque sé lo que es vivir aquí, y al final se hace piña.

—Sí, sobre todo por la piña que has hecho tú.

—¿Perdona?

—Que vivimos aquí encerrados con miedo de todo el mundo, lo que opinen o dejen de opinar, que no tenemos apenas amigos. ¡Joder, que me siento agobiado!

—Pues si tan agobiado estás, ahí tienes la puerta. Vuélvete al sur.

«Qué carácter, Dios mío, vaya mujer más desagradecida», pensó Manuel. «Después de haberme mudado al norte, a mil kilómetros de mi casa, y lo mal que me trata. Ya no aguanto más».

Airado, le espetó:

—Ah, ¿sí? Pues puede que lo haga.

—Muy bien, pues olvídate de volver a ver Arturo. Como salgas por esa puerta, no te quiero ver más. ¿Me has entendido?

Manuel no supo cómo reaccionar. Sabía que llevaba razón. Lo habían hablado muchas veces, sabía de más casos de amigos suyos que habían perdido la custodia de sus hijos y no los habían vuelto a ver, y no podía permitírselo. Arturo era lo único bueno que tenía en el mundo. Al borde de las lágrimas y lleno de rabia, cerró la puerta de la cocina de un portazo y se fue a su cuarto. Cerró esta puerta también, dio un par de puñetazos a la pared por la impotencia y se echó a llorar. Luego, llamó a su hermano, jurando que se iba a divorciar.

Mientras tanto, Bárbara se quedó sola en la cocina, llena de rabia y de tristeza también. Seguía pelando patatas, haciéndose la fuerte, como si controlara la situación y no pasara nada. No quería perder a Manuel, pero no entendía tanto empeño y estaba harta de esas peleas. Si no era feliz allí, que se fuera, pero que dejara de amargarle la vida con sugerencias metidas en la cabeza por su familia. Las lágrimas le resbalaban por las mejillas y se las intentó secar con el brazo. En ese momento, Arturo abrió la puerta de la cocina y se asomó.

—Mami, ¿estás bien?

—Sí, hijo.

—¿Papá se va a ir?

—No lo sé, hijo, pero no te preocupes, que mamá siempre va a estar aquí.

Arturo se acercó y la abrazó —le llegaba a la cintura—. Bárbara se secó con el brazo y soltó el cuchillo y la patata para cogerlo y abrazarlo fuerte.

—Te quiero, mi niño.

—Y yo a ti, mamá.

Arturo estaba preocupado. Si su papá se iba, ¿quién lo iba a cuidar? No quería que su padre se fuera, pero no se atrevía a preguntar. Su madre parecía muy triste y él también tenía ganas de llorar. Su madre le dio besos e intentó animarlo, diciéndole que no pasaba nada.

Mientras tanto, Manuel seguía llorando en el cuarto, hablando con su hermano, que le daba la razón y, a la vez, intentaba calmarlo. Al cabo de un rato de colgar, ya más calmado, salió del cuarto y fue a pedirle perdón a Bárbara por sacar el tema y a darle abrazos y besos a su hijo, prometiéndole que nunca se iba a ir, que todo estaba bien y que no se preocupara. Arturo le creyó y pareció animarse un poco, tanto que al rato lo invitó a jugar.

Veinte minutos más tarde, estaban los tres sentados a la mesa comiendo la tortilla como una familia feliz, como si no hubiera pasado nada. Pero Manuel sabía que no podría volver a tocar el tema hasta que pasara mucho tiempo. Y puede que, para entonces, ya fuera demasiado tarde como para intentar vivir en otro sitio. Aun así, seguiría ahorrando por lo que pudiera pasar.

La boda

Eduardo miraba de reojo a Raúl, su pareja, mientras este organizaba las mesas de la boda. Le estaba poniendo de los nervios. Raúl quería invitar a toda su familia y amigos, más de sesenta personas. Eduardo no tenía una buena relación con su familia. Ni su padre ni varios de sus hermanos aceptaban o apoyaban su condición sexual, y esto volvía las relaciones muy tensas. Para colmo, la muerte de su abuelo había creado disputas entre sus tíos, y el divorcio de otros tíos había hecho dividir a sus primos. La situación familiar era muy complicada y resultaba muy difícil invitar a la familia sin crear conflicto. Por eso, él había querido siempre celebrar una boda discreta con los más allegados, ni más ni menos. A Raúl le había parecido bien cuando lo propusieron en un principio, pero luego había sentido el compromiso de invitarlos a todos y había invitado a más personas de la cuenta, y Eduardo sentía que iba a haber mucha más familia de Raúl que de él y que eso no era justo. Además, no era lo que habían acordado. Por eso, miraba a Raúl desde el otro sofá con inquina.

Raúl no se daba cuenta de nada. Estaba muy preocupado y concentrado intentando montar las mesas de forma que sus familiares pudieran hablar los unos con los otros y ninguno se sintiera incómodo. La familia de Eduardo cabía en una sola mesa. La suya cabía en tres. A él no le parecía mal. En cierto modo, incluso envidiaba que no tuviera ese quebradero de cabeza. Era fácil siendo tan pocos. Para él, sin embargo, estaba siendo una auténtica tortura equilibrar las mesas en números. Miró a Eduardo y le sorprendió su mirada hostil.

—¿Qué te pasa?

—Nada.

—¿Me ayudas a organizar las mesas?

—Ya lo estás haciendo tú, ¿no?

—Sí, pero es un jaleo. No consigo organizar las mesas de mis familiares.

—Claro, como has invitado a tantos… —dijo, cortante.

—¿Cómo?

—Pues eso, que para ser una boda «sencilla e íntima», parece la boda de la Falcó.

—¿Qué dices? Pero si son solo mis tíos y mis primos. El resto son amigos en común.

—Claro, y por eso tú tienes tres mesas y yo solo una.

—Pues mejor para ti, que caben todos en una sola mesa.

—Ah, claro, qué bien. Mejor así, sí.

—Oye, yo no tengo culpa de que tengas tan pocos invitados. Podrías invitar a más familiares y no has querido hacerlo.

—No quiero problemas.

—Lo sé. Pero no me eches la culpa.

Eduardo se calló. Estaba irritado, pero Raúl tenía razón. No era culpa suya y, además, su familia siempre lo había acogido muy bien, y él se sentía muy a gusto con ellos. No quería reavivar la pelea, así que se levantó y se marchó.

—Me voy a dar un paseo.

Raúl suspiró. Estaba acostumbrado a los cambios de humor de su futuro marido y a esos desplantes suyos para evitar discutir.

Lo dejó marchar sabiendo que se le pasaría y le pediría perdón, como así fue.

Unas semanas después, volvieron a discutir por el menú. Esta vez fue Raúl quien se enfadó. Eduardo quería un menú más caro, con mejores platos y más variados. Raúl prefería algo más sencillo, con algunos aperitivos de pie y un par de platos clásicos, tipo un entrante y una carne. Nada de jamón cortado en la boda o de langostinos en la mesa. Eduardo se empeñó en traer a un cortador de jamón, lo que les saldría bastante más caro.

—¿No habíamos dicho que queríamos una boda sencilla? ¿Quién quiere ahora una boda de lujo?

—No voy a dejar con hambre a mis invitados. Si hubiéramos invitado a menos personas, quizás nos habría salido más barato.

Siguieron discutiendo hasta que la situación se tensó. Ganó Eduardo, pero Raúl estuvo enfadado y molesto con él durante semanas, tachándolo de egoísta y narcisista a sus espaldas. Decía que solo quería pavonearse y presumir. No entendía ese derroche cuando, en su opinión, tampoco ganaban tanto.

La siguiente pelea fue por la decoración. Esta vez ganó Raúl con la sobriedad, pero llegaron a un acuerdo menos tenso.

La boda se acercaba y los preparativos se acumulaban. Parecía que, según se acercaba la fecha, en lugar de tener más cosas hechas, aparecían más cosas por hacer, y el tiempo apremiaba. Raúl adelgazó varios kilos en las últimas semanas, mientras que Eduardo engordó. Al primero le tuvieron que ajustar los pantalones, mientras que al segundo le agrandaron la chaqueta.

El esperado día llegó. Unos días antes, celebraron las despedidas de soltero, por separado y de forma diferente, pues sus formas de ser y sus gustos eran distintas. La noche anterior, durmieron por separado, cada uno con sus padres: uno en su casa, el otro en un hotel. Pese a todo, el padre de Eduardo consintió ir a la boda y no dejar sola a su mujer, que hizo de madrina.

La boda fue mejor de lo esperado. A las once en punto entraron en el ayuntamiento por separado. Primero, Raúl, con su familia; luego los amigos y, por último, Eduardo y su familia. Todos se fueron sentando y, finalmente, Eduardo entró del brazo de su madre en la sala. Estaba tan nervioso que no paraba de sudar. Lo único que lo calmó fue ver a Raúl al final del pasillo. Raúl también estaba nervioso, pero lo disimulaba. Se sentía apoyado por todos. Cuando vio a Eduardo, también se calmó. Por un momento había temido que no se presentara. Eduardo avanzó con su madre hasta ponerse junto a Raúl, y empezó la ceremonia, que consistió en un trámite legal de unos diez minutos. Luego, un familiar de Raúl y otro de Eduardo leyeron unos pequeños textos que les hicieron emocionarse. Acto seguido, varios amigos pronunciaron un discurso especial que llenó de risas el auditorio.

Ya un poco más calmados, Raúl y Eduardo se dirigieron al lugar propuesto para hacerse una pequeña sesión de fotos mientras los invitados se dirigían al lugar del convite, donde disfrutaron de unos deliciosos aperitivos. Al llegar al salón de celebraciones, los vitorearon y aplaudieron al grito de «¡vivan los novios!». Ellos se besaron en respuesta. El padre de Eduardo no pudo evitar mirar hacia otro lado, pues le daba asco y vergüenza ajena.

El convite fue precioso, con buena comida y bebida. Los asistentes disfrutaron muchísimo, y Raúl y Eduardo estaban cada vez más relajados, disfrutando. Ya por la noche, los invitados se fueron marchando, felices y agradecidos, y ellos se fueron al hotel a celebrar su noche de bodas. Lo hicieron como hacía mucho y luego durmieron abrazados. No volvieron a pelear en mucho tiempo.

Alzheimer

Susana estaba sentada en su butaca mirando por la ventana cómo el sol iluminaba el jardín frente a su piso. Estaba relajada, no pensaba. De repente, una mosca le pasó por delante de la cara y ella la apartó de un manotazo. Al hacerlo, salió del trance en el que estaba y observó al hombre que dormía en la butaca contigua, pegada a la suya. Observó su mano entrelazada con la de él en el reposabrazos de su butaca. Lo miró y se preguntó quién era. La cara le resultaba familiar, y si estaban así cogidos de la mano, debía de ser su marido, aunque en ese momento no podía recordarlo. Sonrió feliz por ello. Sonó entonces el gong del reloj de pared, que marcaba la una de la tarde, y, asustada, retiró bruscamente su mano de la de él, mirando en la dirección del reloj para buscar el origen de ese sonido tan desagradable que la había arrancado de sus pensamientos.

Norberto dormitaba en la butaca, con la mano entrelazada con la de su mujer, Susana. Ese año cumplían cincuenta años de casados, aunque no pudieran celebrarlo, pues Susana llevaba años perdiendo la memoria por culpa de una maldita enfermedad que la alejaba cada día más de él. Aun así, él se resistía a dejarla. Médicos y amigos le decían que lo mejor era que la llevara a una residencia, pero él no quería. Había discutido con varios amigos e incluso con su hermano pequeño, que era trabajador social, por ese motivo.

—No seas egoísta, Norberto —decía su hermano—. En ningún lugar la van a cuidar mejor. Por mucho que quieras, tú también te haces mayor, y no podrás con ella cuando no se pueda mover.

—Bueno, pues si llega ese día, me lo plantearé. Mientras mi mujer tenga plena movilidad, no tengo ningún problema.

—Pero es que la tendencia de las personas con esta enfermedad es que se vuelvan agresivas. ¿Qué harás si te pega?

—Lo soportaré. Sé que Susi nunca me haría daño a propósito. Nunca en la vida ha querido hacerme daño, y nunca lo hará. Si se le va la cabeza, yo la obligaré a mirarme a los ojos y verme. Sé que a mí nunca me haría daño —aseguraba muy convencido.

—Pero si ya apenas te conoce, si ya está casi ida… No sabe ni dónde está.

—Sé que me reconoce. Lo que pasa es que a veces se le va la cabeza, nada más —respondía siempre él, con cabezonería y con fe.

Las conversaciones con los demás nunca eran fáciles, más bien dolorosas. Por eso vivía cada vez más encerrado. Por eso, y porque no quería separarse de ella. Él también temía que llegara el día en que ella se olvidara de él por completo, y sabía que ese día se acercaba cada vez más.

Susana era todo lo que él tenía y quería, y Norberto era todo lo que ella tenía y quería. Norberto lo sabía y, por eso, la iba a cuidar hasta el final, porque la quería, porque sabía que ella también lo quería a él a pesar de su enfermedad, y porque se lo habían prometido en el altar: «En la salud y en la enfermedad, en lo bueno y en lo malo, hasta que la muerte os separe, amén».

Por eso, mientras Susana miraba por la ventana, Norberto dormía feliz momentáneamente, disfrutando del contacto físico, pero inquieto porque le preocupaba su mujer, y eso le impedía dormir muy profundo. Despertó al notar el movimiento brusco de su mujer al quitarle la mano de repente. Abrió los ojos soñolientos y la buscó con la mirada, viéndola claramente alterada.

—¿Estás bien, mi amor?

Ahí estaba el amor de su vida. Susana lo reconoció por los ojos y por la voz, por su forma de preocuparse por ella, esa forma suya tan especial que había hecho que lo amara de forma incondicional.

—Norberto —dijo ella.

—Sí, mi amor, aquí estoy. Te quiero.

El gesto de sobresalto por el reloj rápidamente dio paso a un gesto de dulzura y amor. El susto del reloj ya se le había olvidado a Susana. Miró sonriente a su marido y él a ella. Se besaron como dos novios que se besan por primera vez y, a la vez, llevan mucho tiempo enamorados. Se besaron con ternura, con pasión, acariciándose la cara con cariño. Luego, separaron los labios, entrelazaron de nuevo las manos y volvieron a su posición. Pero antes se miraron a los ojos y se dijeron:

—Te quiero.

—Y yo a ti, mi amor. —Y que durara para siempre, deseó.

Un año después, Norberto seguía llevándole el desayuno a la cama los domingos. En la mesita de noche siempre ponía una rosa blanca, la flor favorita de Susana, y una nota: *«De tu admirador secreto, que te quiere. Norberto».* Siempre que ella lo leía y lo miraba, él le guiñaba un ojo.

Susana no era una paciente agresiva. Además, notaba que Norberto la trataba con cariño y dulzura, pero a veces no entendía por qué, pues para ella era un desconocido. Esto hería la sensibilidad de Norberto, que con fuerza y voluntad de hierro le decía quién era, a sabiendas de que lo iba a olvidar.

Poco después, Susana empeoró. Un día, mientras Norberto la estaba ayudando a ducharse, ella de repente no lo reconoció y se asustó pensando que un desconocido estaba abusando de ella. Enajenada, cogió la alcachofa de la ducha y amenazó con darle con ella, pero Norberto fue más rápido. Pudo agarrarle los brazos, aunque se duchó, y calmarla. Le dijo que él la cuidaba porque era su amor. Estas palabras parecieron calmarla. Por un momento, sus miradas se cruzaron y ella lo reconoció y se puso a llorar en silencio. Él cerró el grifo de la ducha y la abrazó. Luego, terminó de ducharla mientras ella se dejaba hacer. Al día siguiente, llamó a su hermano, dándole la razón. No era la primera vez que pasaba. Susana pasó los últimos años de su vida en la residencia. Él iba a visitarla todos los días y pasaba el día con ella.

Tres años después, se murió. Estuvo con ella hasta el final, cogiéndola de la mano en sus duermevelas y dejándole rosas blancas y notas. Cuando murió, los médicos le dijeron que le había alargado la vida tres años. Él, emocionado, respondió:

—«No, es ella quien me la ha alargado a mí. Siempre fue una luchadora nata. La luz de mi vida. Mi amor».

Epílogo

Si has llegado hasta aquí, espero que te haya gustado el libro. Me gustaría pedirte un favor, y es que respondas un pequeño cuestionario sobre el libro: https://forms.gle/d24AdxmyLQf628hv6

Recuerda que también puedes contactarme o seguir el día a día de mis publicaciones en mi Instagram, @marty_blyton, y en mi página de Facebook, *Marta González Ravina escritora*.

Índice